JN043314

照れ降れ長屋風聞帖【十六】

妻恋の月

坂岡真

双葉文庫

目次

妻恋《つまこい》の月　5

女薬師《おんなくすし》　101

蓮《はす》の骨　197

妻恋《つまこい》の月

一

葉月《はづき》（八月）三日、箱崎三ツ俣《はこざきみつまた》。

暦《こよみ》が葉月に変わったら月の名所の三ツ俣に小舟を繰りだし、のんびり釣り糸でも垂れようともくろんでいた。

たゆたう波に身をまかせ、瓢酒《ひさござけ》を呑《の》みながら親しき友や来《こ》し方《かた》のことどもをおもう。これに勝《まさ》る楽しみもなかろうと、七尺の長竿《ながざお》を担いでやってはきたものの、肝心《かんじん》の月が空にない。

小糠雨《こぬかあめ》が降っている。

「越後《えちご》のほうじゃ、霧《きり》の小便と呼びまさあ」

背の丸まった船頭が、菅笠《すげがさ》の下で薄ら笑いを浮かべた。

浅間三左衛門《あさまさんざえもん》は、小便に濡れた情けない顔を持ちあげる。

「おぬし、生国《しょうごく》は越後か」

「へえ。へへ、百文舟を漕《こ》ぐおれは椋鳥《むくどり》の成《な》れの果《は》て。旦那はどちらで」

「上州《じょうしゅう》の富岡《とみおか》さ」

「富岡といえば、加賀前田家《かがまえだけ》の支藩がありやしたね」

「七日市藩《なのかいちはん》一万石」

「それそれ。旦那はそこで禄を喰《は》んでおられたのかい」

「まあな」

藩主を警護する馬廻《うままわ》り役《やく》を務めていたが、人減らしの施策を講じた藩政に抗《あらが》って藩主を襲撃した朋輩《ほうばい》を斬った。役目とはいえ、良心の呵責《かしゃく》に耐えきれず、藩を捨て、家を捨て、故郷をも捨てたのだ。

「もう、何年になるね」

「さよう、十余年になろうか」

片時も忘れたことはない。

季節ごとに装いを変える妙義《みょうぎ》の美しい山脈《やまなみ》は瞼《まぶた》の裏に焼きついているし、小《こ》童《わっぱ》のころから馴れしたしんだ鏑川《かぶらがわ》の冷たさは肌でおぼえていた。

だが、未練はない。

江戸でみつけた新しい暮らしに満足しているからだ。

「旦那、月も魚も逃げちまったみてえだ」

「ああ、そうだな」

これ以上釣り糸を垂れても、惨《みじ》めな心持ちになるだけだ。

三左衛門は釣果《ちょうか》をあきらめ、小舟の舳《へさき》を桟橋《さんばし》へ向けさせた。

陸《おか》の暗がりを眺めれば、船宿の二階座敷に灯りがぽつんと点いている。

許されぬ恋に焦《こ》がれる男女の逢《あ》い引《び》きであろうか。

「向こうはしっぽり床で濡れ、こっちは坊主《ぼうず》で濡れしょびれ、羨《うらや》ましいのは危うい逢瀬《おうせ》、坊主にゃとんとご縁がない」

船頭の口ずさむ替え端唄《はうた》は、口惜《くちお》しいほど上手《うま》かった。

「旦那、着きやしたよ。はい、お代の百文」

「待て。月見ができなきゃ興醒めだ。五十文にまけておけ」

「ちっ、顔といっしょで、しみったれていやがる」

「何か言ったか」

「ひとりごとでやんすよ。おっと、刀でも抜きなさるのかい」

「いいや。あいにく、こいつは竹光《たけみつ》でな」

「のへへ、竹光に免じて、五十文にしてさしあげやしょう」

「最初《はな》から、そう言え」

五十文払って桟橋に降り、船宿のほうへ向かう。

二階座敷の灯りは消え、表口に提灯《ちょうちん》がひとつ揺れていた。

「これきりにしてね」

女の掠《かす》れ声が聞こえてくる。

「さあて、どうかな」

こんどは男だ。

夜目で風体《ふうてい》は判然としないものの、やさぐれた男にちがいない。

「約束したはずよ。一度きりだって」

媚《こ》びた口調で懇願《こんがん》する女を、男は鼻で嘲笑《あざわら》う。

「ふん、約束か。おつね、おめえだって、おれとの約束を破ったじゃねえか」

「え」

「この八十吉《やそきち》さまをよ、何年でも待ってるって、そう言ったろう」

「言ってない。そんなこと、ぜったいに言ってない」

懸命に抗う女のそばへ、男はじりっと躙《にじ》りよる。

「ふうん、そうかい。自分だけ幸せになりゃ、おめえはそれでいいのか」

「そうじゃない。でも、あんたとは五年前に切れたはずだ。お願い。これきりにしとくれよ」

「へへ、そうはいかねえ。むかしみてえに、まとわりついてやるぜ。おめえもよ、本音じゃそいつを望んでんだろう」

「冗談じゃない。五年前のあたしとはちがうんだ」

「ふん、どうちがう」

「やっとのことで生き地獄から逃れたんだよ。あんたみたいな人でなしに邪魔《じゃま》されてたまるか」

「あんだと、このあま」

男の影が俊敏に動き、女の影とかさなった。

提灯が泥のうえに落ち、じゅっと音を起《た》てる。

「やめて、放しとくれよ」

男と女は揉《も》みあっている。

三左衛門はおもわず、足を止めた。

関わらずに通りすぎようと一度はおもったが、釣り竿を担いだまま踵《きびす》を返し、ふたりに近づいていく。

こほっと、空咳《からせき》を放った。

八十吉と名乗った男が、ぎょっとして振りむく。

「な、何でえ、おめえは」

潮焼けした悪相には、驚きと脅《おび》えと怒りが滲《にじ》みでていた。

「おれは島帰《しまげえ》りだぞ。やるってのか」

八十吉は凄《すご》んでみせ、懐中《かいちゅう》に右手を突っこんだ。

匕首《あいくち》を呑んでいるのだ。

「待て」

三左衛門は、落ちついた口調で諭《さと》した。

「女が嫌がっておる。そのくらいにしておけ」

「うるせえ、瘦《や》せ浪人にゃ関わりのねえこった」

なるほど、瘦せ浪人にはちがいないが、侍の矜持《きょうじ》だけはある。

「抜かぬが身のためだぞ」

「てやんでえ」

八十吉は腰を落とし、低く身構えた。

「おれは人を殺《あや》めたことがあるんだ。痩せ浪人のひとりやふたり、目じゃねえぜ」

「そいつはわかった。でもな、やめておけ。今夜のわしは、ちと虫の居所がわるい」

「しゃらくせえ」

八十吉の手に匕首が光った。

「死にさらせ」

前のめりになり、猛然と突きかかってくる。

――びゅん。

刹那《せつな》、七尺の竿が撓《しな》った。

ぴしゃっと、鋭い音が響く。

「ひゃっ」

八十吉は打たれた脳天を抱え、たたらを踏んだ。

三左衛門は左手を伸ばし、鯔背《いなせ》に結った髷《まげ》を掴《つか》む。

「ほれ」

手に力をこめ、顔を地べたに引き倒した。

「ぶひぇっ」

ついでに右手の甲を踏みつけると、匕首が悪党の手から転げおちた。

「やめろと言ったはずだぞ」

八十吉は、沢蟹《さわがに》のようにじたばたしはじめた。

「……は、放せ、放しやがれ」

言われたとおりにしてやると、這《は》いつくばって逃げていく。

「くそっ、おぼえてやがれ」

鼻血を散らしながら捨《す》て台詞《ぜりふ》を吐き、小悪党は闇の向こうに消えていった。

「しょうもないやつだ」

三左衛門は、だいじな釣り竿が折れていないか確かめた。

あいかわらず、毛のような雨は降りつづいている。

おつねと呼ばれた年増《としま》は、濡れながら呆然《ぼうぜん》とたたずんでいた。

「……あ、ありがとうございます」

我に返り、ふっと持ちあげられた顔には、あきらかに見覚えがある。

同じ照降長屋《てりふりながや》の住人なのだ。

「あっ」

おたがいに声をあげ、気まずそうに横を向く。

引っ越してきたばかりなので、挨拶《あいさつ》を交わす程度の関わりでしかないが、職人気質《かたぎ》を絵に描いたような亭主の四角い顔も見知っていた。

おつねは、金縛《かなしば》りにあったように動かない。

「礼はいらぬ」

三左衛門はぶっきらぼうに言いはなち、その場から足早に立ち去った。

二

翌朝、何も知らずに出掛ける亭主を見掛けた。

見送る女房は笑っていたが、横顔は淋《さび》しげだ。

おそらく、亭主は気づいていない。

女房は死んでも喋《しゃべ》るまいと、唇を嚙《か》んでいる。

――とうふ、とうふ。

正直屋の看板を掲げた豆腐売《とうふう》りが、定刻どおりにやってきた。

何気ない朝の風景が、三左衛門の目には昨日までとちがってみえる。
ともあれ、深入りはせぬことだ。
女房のおつねの姿が引っこんだのを見定めてから、部屋のまえを通りすぎる。
こんなふうに気を使うのは、正直、骨が折れる。
溜息を吐《つ》きつつ木戸を抜け、露地裏から表通りに出た。
行く手の荒布橋《あらめばし》を渡り、朝市で賑わう魚河岸《うおがし》に沿って堀留《ほりどめ》へ向かう。
いつものように投句《とうく》の引札《ひきふだ》でも貰おうと、浮世小路《うきよしようじ》へ足を延ばした。
日本橋大路《にほんばしおおじ》への抜け道に使われるので、けっこう人出は多い。
何とはなしにぶらついていると、後ろから声を掛けられた。
「旦那、おはようござんす」
高飛車《たかびしや》だが、親しみのこもった口調だ。
振りむけば、四角い顔の職人が笑っている。
おつねの亭主、長八《ちようはち》だった。
「ご近所さんですよね」
「ああ、そうかもな」
船宿で目にした光景が浮かんでくる。

動悸《どうき》が激しくなったが、顔には出さない。

「あっしは長八と言いやす。失礼ですが、お名を」

「浅間三左衛門だ」

「浅間さま、なるほど、そうですかい。ちゃんとお話しするのは、ひょっとしてこれがはじめてじゃござんせんか」

「そうかい」

「へへ、あっしはこのとおり、泥大工《どろでえく》をやっておりやす」

尻切れ襦袢《じゅばん》に紺股引《こんももひき》の扮装《いでたち》、泥大工とは左官のことだ。

「失礼ですが、旦那はご浪人でいらっしゃる」

「ああ。楊枝《ようじ》削《けず》りと扇《おうぎ》の下絵描きしかできぬ能無しさ。十分一屋《じゅうぶいちや》の女房に食わしてもらっておる」

「おまつさんでしょう。しっかり者で情に厚い。江戸に数多《あまた》いる仲人《なこうど》のなかでも、ぴんのぴんだって評判ですよ」

おまつのことは誰もが褒《ほ》めるので、別に嬉しいともおもわない。

「ところで、こんなところで何をしておる」

「すぐそこの百川《ももかわ》さまが仕事場でしてね、へへ」

百川は、大名家の留守居役《るすいやく》などが接待で使う料理茶屋だ。廓《くるわ》出身で気っ風《きっぷ》の良い女将《おかみ》のことはよく知っている。

「ご覧になりやすかい」

「え、何を」

「鏝絵《こてえ》でやすよ」

「鏝絵」

「へい」

長八はただの左官ではなく、鏝絵を描くことのできる鏝師らしい。

鏝師は、平壁に漆喰《しっくい》で恵比須《えびす》や大黒《だいこく》などの縁起物《えんぎもの》を描く。熟練の技で漆喰を盛りあげ、彩色をほどこすのだ。

それが鏝絵である。

高価な壁面装飾なので、寺社に寄贈《きぞう》されるものを除けば、依頼主の多くは大成した金満家であった。

「あっしはまだ本物の域にゃ達してねえ。修行中の身でさあ」

連れていかれたさきは、何ヶ月ぶりかで訪れた百川の表口だった。

いっとう目立つ入口脇の壁際に、ふたりの職人が張りついている。

　ひとりは舟と呼ぶ箱に土を入れて裸足《はだし》で捏《こ》ねる捏屋《こねや》で、捏ねた土に藁《わら》すきや糊《のり》を混ぜて鍬《くわ》で調合もおこなう。もうひとりは右手に鏝、左手に鏝板を持って壁の隅を塗っているのだが、少しばかりぎこちない。

「へへ、腕の良い左官は後ろ姿でわかりやす。ご覧のとおり、野郎はまだ半人前でしてね。まかりまちがっても、壁の正面は塗らせられねえ。鏝絵なんぞはもってのほか、ってなわけで」

　鏝絵をつくる職人は、柳刃《やなぎば》の鏝を使って漆喰を塗る。

　漆喰は漆喰師の手になり、蛤《はまぐり》や牡蠣《かき》などの貝殻を蒸し焼きにして砕いた貝灰《かいばい》を水で捏ね、布海苔《ふのり》や蒟蒻《こんにゃく》や膠《にかわ》を混ぜてつくる。本来は壁天井の罅《ひび》割れを埋めたり、屋根瓦《やねがわら》を固定するための繋《つな》ぎだが、うねるように盛りあげて彩色することもできた。

「旦那、あれが何かわかりやすかい」

　ひと目でそれとわかる鏝絵が、正面の壁に浮かんでいた。

「龍だな」

「さようで。青龍《せいりゅう》でさあ」

　青龍といえば、卯《う》（東）の方角を守護する四獣のひとつだ。

「あれと同じ青龍が深川《ふかがわ》の富《とみ》ヶ岡八幡宮《おかはちまんぐう》にもありやしてね、あっしの親方がつくったんですよ」

「ふうん」

まだ色が付いていないせいか、近づいてみると白壁との境界が曖昧《あいまい》になる。

戻ってきた長八のすがたをみとめ、若い職人たちは後退《あとずさ》った。

ちょうどそこへ、艶《あで》やかな立ち姿の女将が顔を出した。

細腕一本で百川を切り盛りする撫子《なでしこ》女将だ。

「あら、浅間さま」

「よう、ごぶさた」

六年前、当時八つだった一人娘を暴漢から救ってやったことがあった。それ以来、日本橋界隈《かいわい》でも有名な美人女将とは親密な間柄だ。

ふたりの親しげな様子を眺め、長八は驚いている。

「へえ、旦那も隅に置けねえや」

ぽっと頰を染める三左衛門に流し目を送り、撫子はからかってみせる。

「親方、このおひとはね、江戸一の剣客なんですよ」

「ほへえ、そいつは知らなかった」

「富田流《とだりゅう》小太刀《こだち》の達人でね、生国の上州では眠り猫っていう綽名《あだな》で呼ばれていたとか。おまえさんが鏝絵の名人なら、こちらは小太刀の名人ってわけ」

「ほへえ」

　素姓《すじょう》を教えたおぼえはなかったが、さすがに地獄耳《じごくみみ》の女将だけあって何でもよく知っている。

「浅間さま、鏝絵の飾り壁なんぞつくって、何て見栄っ張りなんだろうって、そうおもっていらっしゃるんでしょう」

「いいや。おまえさんのがんばりを知らぬ者はいない。これくらいの贅沢《ぜいたく》をしても罰《ばち》は当たらぬさ」

　吉原《よしわら》から三千両で身請けしてくれた旦那には先立たれ、親類縁者には見世を売りはらえと迫られた。それでも、旦那の遺言どおり、百川の暖簾《のれん》を守りつづけ、以前よりもいっそう繁盛させ、誰からも文句を言われなくなった。

　そうした事情を知っているだけに、三左衛門は心から鏝絵の完成を祝ってやりたい気分だった。

「それを聞いて安堵《あんど》しましたよ。なにせ、長八親方は引く手あまたの人気鏝師、お代も張りますからね」

「ほう、それほど有名な鏝師なのか」

「ええ、そりゃもう。皮肉を言うつもりはないけれど、仕事も掛け持ちでしてね、筑土八幡《つくどはちまん》のほうでは白虎《びゃっこ》をつくっているんですよ」

長八は恐縮し、深々と頭をさげる。

「女将さん、申し訳ござんせん。筑土八幡の白虎は、どうしても十五日の八幡祭までに仕上げなくちゃならねえんです」

「亡くなった大親方のご遺言なら、仕方ありませんね」

「申し訳ござんせん」

大親方の初代長八は生前、八幡宮の祭礼に因《ちな》んで東西南北四箇所にある八幡宮の壁に守護神の四獣をつくる約束をみずからに課したという。

「富ヶ岡八幡宮の青龍に、浅草御蔵前《おくらまえ》八幡宮の玄武《げんぶ》、それから西久保《にしくぼ》八幡宮の朱《す》雀《ざく》までは完成させせやした」

ところが、酉《とり》(西)の方角を守る白虎だけは手つかずのまま残された。

「今年の祭礼までに四獣を寄贈するのは、親方の夢だった。だから、あっしはどうしても、待宵《まつよい》までにそいつを仕上げなくちゃならねえんです」

夢を語る長八のからだは、何倍も大きく感じられた。

撫子女将が、にっこり笑いかけてくる。

「浅間さま、今からお見世で、おひとついかがです」

「いいや、陽の高いうちはよしとこう」

「うふふ、暗くなったらお越しくださいね」

「ああ、そうさせてもらう」

ふたりのやりとりを聞きながら、長八はこれみよがしに弁当をひろげた。

「ほう、そいつはかみさんの心づくしの弁当かい」

「へへ、さいでやす」

「もう、食うのか」

「何やら、腹が減っちまったんですよ」

千木箱《ちぎばこ》を大きくしたような曲げ物の箱に、白米がはみだしそうなほど詰まっている。煮物や漬物なんぞも添えてあり、みているだけで食欲をそそられた。

「へへ、あっしにゃ、できすぎた女房なんです。おつねがいなけりゃ、あっしは何にもできねえんですよ」

「おやおや、ごちそうさまだね」

女将は軽く受けながして見世に消えたが、三左衛門はぎゅっと奥歯を嚙んだ。

船宿でのことを知ったら、長八はきっと正気を失うにちがいない。

「旦那、どうかしやしたかい」

「ん、いいや」

「旦那にゃ、お嬢さんがふたりおられやすよね。おいくつですか」

「上のおすずは十四で、下のおきちは五つだ」

「可愛いでしょう」

「そりゃあな」

長八は、途端にしょぼくれる。

「あっしも子が欲しい。でも、できそうにねえんでさあ」

「おつねさんとは、いっしょになって何年になる」

「五年になりやす」

「あきらめるのは、まだ早いぞ」

「そりゃまあ、そうなんですがね。おつねも三十を過ぎやした」

「子が欲しいのはわかるがな、そうしたおもいは胸の裡《うち》に仕舞っておくことだ。

口に出せば、おつねさんも気にしちまう」

「仰《おっしゃ》るとおりで」

一本気な職人らしく、長八はしっかりうなずいてみせる。

三左衛門は、胸が痛んだ。

「ではな。百川の青龍と筑土八幡の白虎、楽しみにしておるぞ」

「へい。待っておくんなさい」

くっと胸を張る長八の顔には、鏝師の矜持が漲《みなぎ》っている。

それだけにいっそう、三左衛門はやりきれない気持ちになった。

三

夕餉《ゆうげ》が近づくと、露地には総菜《そうざい》を扱う振売《ふりう》りがやってくる。

「煮しめ、煮しめ」

手間いらずの総菜は忙しい嬶《かか》ぁたちの強い味方、品物は飛ぶように売れ、振売りは何処《どこ》かに消えてしまう。

するとまた、別の振売りがやってきた。

長屋中に味噌《みそ》や胡麻《ごま》を擂《す》る音が雷鳴のように轟《とどろ》くなか、夕鯵《ゆうあじ》を安く売る棒手振《ぼてふ》りなどもやってくると、長屋は一気に活況《かっきょう》を帯び、魚河岸のような喧噪《けんそう》に包まれた。

出職《でしょく》の亭主はぼちぼち帰ってくる頃合で、居職《いじょく》の連中も賃仕事の手を止める。

木戸番の店先で煎餅《せんべい》を物色していた小童たちは、狐踊《きつねおど》りを披露《ひろう》する飴《あめ》売りがやってくると、嬉しそうに群がっていった。

いつもの光景に目を細め、三左衛門は軒先で楊枝を削っている。

七輪《しちりん》で房州《ぼうしゅう》の秋刀魚《さんま》を焼くおまつが、鍚師の女房のことを語りはじめた。

「おつねさんは情の厚い、よく気のつくおひとでね。じつは、後妻さんなんだよ」

「ふうん」

長八にはそのむかし、恋女房があったらしい。

恋女房を病気で亡くしてから、しばらくは腑抜《ふぬ》けも同然になっていた。酒に溺《おぼ》れ、岡場所に通っては管《くだ》を巻き、まったくどうしようもない男になってしまった。

「ちょうどそんなとき、おつねさんに出会ったのさ」

おつねは湯島《ゆしま》の岡場所で、春をひさいでいたという。

そもそもは奥州《おうしゅう》の寒村に生まれ、十四で女衒《ぜげん》に売られたらしい。

金銭だけが目当ての女郎が多いなかで、おつねは客に真心を尽くす稀《まれ》な女だった。それだけに人気も高かったものの、所詮は身を売ることで生計を立てるしかない岡場所の女、真剣に口説《くど》く男などいるはずもなかった。

「ところが、長八さんはちがった。岡場所に三年も通いつめ、女房になってくれと懇願しつづけたんだよ」

いったい、何処からそうしたはなしを仕入れてくるのか、おまつの地獄耳には驚かされるばかりだが、ともあれ、長八の心にぽっかり空いた隙間を埋めてくれたのは、おつねの情けだったにちがいない。

岡場所の年季が明けるのを待って、ふたりは所帯を持った。

「いいはなしだろう。でもね、そうしたはなしを好かない連中もいるんだよ。おつねさんが岡場所の出だって知った途端、隣近所は白い目を向けだす。仕舞いにゃ居たたまれなくなって、引っ越しするっきゃない」

五年で二十数度も引っ越しを繰りかえし、蓄えも底を尽いたのだと、おつね本人が笑いながら教えてくれたという。

秋刀魚の焼ける香ばしい匂いを嗅《か》ぎながら、三左衛門は考えをめぐらせた。

船宿で目にした八十吉という男は、おそらく、湯島の岡場所で知りあった男にちがいない。

ヒモ同然の情夫だったとしたら、厄介《やっかい》なはなしだ。

亭主の長八に知られたくないこともあるだろう。それを強請《ゆすり》のネタに使われ、小金をせびられているとしたら、あまりに可哀相《かわいそう》で、みてみぬふりをしていられない心境にさせられた。

おまつは煙に噎《む》せながら、団扇《うちわ》をぱたぱたやっている。

「なかなか赤ちゃんを授からないって、おつねさんは嘆いていたよ。長八さんは子供好きだから、どうしても欲しいんだって」

詮索《せんさく》好きのおまつは、自分のことのように溜息を吐いた。

船宿のはなしを告げるべきかどうか。

あれこれ迷ったすえに、やめておいた。

告げれば、おまつは放っておけなくなるだろう。

余計な波風を立てるのはまずいと、自制がはたらいたのだ。

「父上、遊びに行こ」

五つになったおきちに誘われ、やおら腰を持ちあげた。

「秋刀魚が焼けるまでには帰っておいで」

と言われ、おまつに送りだされる。

姉のおすずも、そろそろ奉公先から帰ってくるころだ。

三左衛門はおきちの手を引き、日本橋川の土手にやってきた。

娘たちの成長をそばで眺めていると、過ぎゆく時の早さをおもいしらされる。

姉のおすずは、十四になった。縹緻《きりよう》も気立ても申し分ないと、奉公先では重宝がられている。ともすれば、縁談さえ持ちあがりかねない年齢なので、三左衛門もおまつも何となく落ちつかない心持ちでいた。

「もう、そんな年になっちまったのか」

三左衛門は四十七、おまつは三十八。おまつの連れ子だったおすずと三人、同じ屋根のしたに住みはじめて十一年になる。

おきちが生まれたのは、鉄砲水《てつぽうみず》で江戸じゅうが水に浸かった年だった。

いろいろなことがありすぎて、おもいだすのもたいへんだが、家族四人で大病もせずに過ごしてこられたことを神仏に感謝しなければなるまい。

「父上、父上」

おきちが、土手したで呼んでいた。

汀《みぎわ》に屈み、傘のように咲いた黄色い花を指差している。

「ふふ、待っておれ」

無垢《むく》な娘の笑顔ほど、尊いものはあるまい。

弾むような足取りで、三左衛門は土手を降りた。

と、そのとき。

ふいに、誰かの眼差しを感じた。

おつねだ。

ひとり土手の斜面に座り、挑むように睨《にら》みつけてくる。

船宿でのことは誰にも告げるなと、目顔で訴えているかのようだ。

三左衛門は慌てて目を逸《そ》らし、おきちのほうへ近づいていった。

「さあ、帰ろう」

「いやよ、お花を守るんだもん」

汀に咲いていたのは、ひと叢《むら》の女郎花《おみなえし》だった。

「おばちゃんが言ったんだもん。摘まずに守ってあげなって」

「おばちゃん」

「ほら、あそこに座ってる」

振りむくと、土手の斜面には誰もいない。

おつねは、煙と消えていた。

沈みゆく夕陽が、川面《かわも》に溶けだしている。

おつねはおそらく、花を摘もうとしたおきちをたしなめたのだ。

女郎花という名の花ゆえに、そっとしておいてほしかったのだろうか。

三左衛門は深読みをしつつ、風に揺れる花を背にした幼い娘をみつめた。

「おきち、さあ、家に帰ろう」

「いやよ、大風《おおかぜ》が吹いたら倒れないように守ってあげるんだもん」

大風とは、野分《のわけ》のことを言っているのだろうか。

そういえば、葉月になってから、いまだ大風は吹いていない。

三左衛門は嫌がる娘を胸に抱き、杏子色《あんずいろ》に染まる汀を離れた。

土手の周囲に目を凝らしても、それらしき人影はない。にもかかわらず、まとわりつくような眼差しから逃れることができなかった。

四

三日後、照降長屋は蜂の巣を突いたような騒ぎになった。

騒ぎの中心にいるのは『赤鼻《あかはな》』の綽名で呼ばれる大家の弥兵衛《やへえ》で、店子《たなこ》の部屋を駆けまわっては悪態を吐いている。

「くそっ、大金を盗まれた。盗人《ぬすっと》は店子かもしれねえ。床を引っぺがしてでも突きとめてやる」

店子たちで積みたてている頼母子講《たのもしこう》の金が消えてしまったらしい。

騒ぎを聞きつけ、たまさか通りがかった定町廻《じょうまちまわ》りも顔をみせた。

三左衛門と日頃から懇意にしている八尾半四郎《やおはんしろう》だ。

鼻筋の通った凜々《りり》しい風貌に『半鐘泥棒《はんしょうどろぼう》』の異名で呼ばれる巨軀《きょく》、町方としての経験も積み、自信に溢《あふ》れた面構えをしている。

半四郎は弥兵衛の説明をひととおり聞いたあと、三左衛門のもとへやってきた。

「あはは、浅間さん、とんだ災難で」

「笑い事じゃないでしょう」

「まあね」

「盗まれた金はどれほどだったんですか」

「ざっと二百両はあったとか。弥兵衛のやつ、首でも縊《くく》りそうな落ちこみようでね」

盗まれた金は、手妻《てづま》のように消えていた。

漬物壺《つけものつぼ》に詰め、壁の羽目板《はめいた》に細工をして隠していたのだが、見透かされて羽目板を外され、漬物壺ごと盗まれてしまったという。

弥兵衛本人もふくめて、今のところ、盗人の影をみた者はいない。

「弥兵衛のやつ、額にたんこぶをこさえていましてね。どうやら寝込みを襲われ、棒か何かで叩かれたらしい。本人は叩かれたことすら気づいていない始末でね」

「ずいぶん雑な手口だな」

「雑な手口がかえって功《こう》を奏《そう》す。こうしたことは、ままあることで」

「そんなものですか」

暢気《のんき》に会話を交わすふたりのもとへ、顔見知りの嬶ぁがやってきた。

洗濯女のおせいだ。

「浅間さま、ちょっとよろしいですか」

「ん、どうなされた」

「おまつさんがお留守のようなので……」

おせいは怖《お》ず怖《お》ずとしながらも、半四郎に目を向ける。

「……じつは、そちらにおられる八丁堀の旦那におはなししたいことが」

亭主の轟十内《とどろきじゆうない》とは呑み仲間なので、三左衛門はおせいとも気軽に挨拶しあう仲だ。どうやら、半四郎との親密さを以前から知っており、内々にはなしを持ってきたらしかった。

「昨晩遅く、妙な男を見掛けたんです」

「ん、そうか」

半四郎は、ぐっと身を乗りだす。

おせいは丑三《うしみ》つ(午前二時)頃、厠《かわや》に起きたついでに暗がりを歩いていたら、怪しい男の影に気づいた。

「夜目だったので、きっちり見定めたわけじゃありません。でも、やさぐれた感じのひょろ長い男でした。気味の悪いことに、おつねさんの家をじっと睨んでおりましてね。あのとき提灯を点けていたら、襲われたかもしれない。それをおもうと、震えが止まらないんですよ」

おつねの名が出た途端、三左衛門は平常心でいられなくなった。

半四郎がぽんと胸を叩く。

「心配《しんぺえ》すんな。いざとなったら、おれがついている。盗人はかならず捕まえてやるから。で、おせいさんとやら、その男は長屋の住人じゃなかったんだな」

「ええ、もちろんですよ」

「そうかい、よく教えてくれた。礼を言うぜ」

「大家さんには、まだ言ってないんです。騒ぎたてられたら、うるさくて仕方ありませんから」

「そいつは賢明ってもんだ」

「では、失礼いたします」

おせいは深々とお辞儀をし、そそくさと部屋に引っこんでしまう。

三左衛門は意を決し、半四郎を木戸外の一膳飯屋に誘った。

船宿での一部始終を、包みかくさずにはなして聞かせたのだ。

「なるほど、そんなことがあったんですか」

はなしを聞きおわっても、半四郎は暢気な態度をくずさない。

「人には、いろんな事情があるもんだな」

「八尾さん、感心してばかりもいられませんよ」

「そりゃそうだ」

半四郎は注文した秋刀魚の塩焼きを箸《はし》でほじくり、脂の乗った一片の身に生《き》醤油《じょうゆ》を垂らして口に入れる。

「美味《うめ》え。秋の秋刀魚は医者いらず、秋刀魚が出れば按摩《あんま》が引っこむってね」

「八尾さん、誰かの川柳《せんりゅう》を盗んじゃいけない」

「だったら、ひとつ詠《よ》んでくださいな。横川釜飯《よこかわかまめし》どの」

「お安い御用で。屁尾酢河岸《へおすかし》どの、それではお題を」

投句の趣味でも通じているふたりは号で呼びあい、燗酒《かんざけ》まで注文する。

「そうだな。お題は『島帰り』にでもいたしましょうか」

「風情《ふぜい》のないお題だが、まあ仕方ない。屁尾どの、できましたぞ」

「早いな」

「島帰り馴染《なじ》みの見世は潰れけり」

三左衛門は襟《えり》を正し、眸子《まなこ》を細めながら吟《ぎん》じてみせる。

「いかがです」

「ふむ、切ない気持ちがよく出ている。では、こちらも」

「どうぞ」

「島帰りむかし馴染みは横を向き」

「どうしても、しんみりした句になりますなあ」

「そういえば、つい半月前、島抜けをはかった罪人がふたりおりましてね。お上

の威信に関わることなので、捕り方のほうでも血眼《ちまなこ》になって捜しているのです
が、いっこうにみつからない」

島から逃げたふたりが流人船《るにんせん》の返し船に潜りこみ、まんまと江戸の土を踏んだ
ところまでは、どうやら、わかっているようだった。

「ひとりは浪人です。名は芝原世之介《しばはらよのすけ》、巌流《がんりゅう》を修めた備州《びしゅう》出の剣客だとか」

「巌流といえば、佐々木小次郎《ささきこじろう》のつばくろ返し」

「さよう。芝原もこれみよがしに、四尺の長尺刀を腰に帯びていたそうですよ」

「ほほう」

「浅間さんの小太刀は一尺四寸。芝原と対峙《たいじ》するとなれば、二尺六寸も長い得物《えもの》
とどうやって闘うのか、ちとみてみたい気もしますね」

「ご冗談を」

「ふふ、まんがいちのはなしですよ。芝原は一年前まで、湯島の権蔵《ごんぞう》一家に草鞋《わらじ》
を脱いでいたらしい」

「権蔵一家ねえ」

湯島から小石川《こいしかわ》あたりを股に掛け、香具師《やし》や博打打《ばくちう》ちを束《たば》ねる親分だ。

半四郎によれば、あまり評判のよくない人物で、岡場所なども仕切って荒稼ぎ

をしており、町の顔役にしては信望が足りない。役人に取りいって威勢を保っているようなところがあるという。

「芝原は権蔵の用心棒をやりながら、得手勝手《えてかって》に辻強盗《つじごうとう》もはたらいていた。世に出してはならない悪党です」

斬首の沙汰《さた》が下ってもおかしくはなかったが、飼い主の権蔵が役人に鼻薬を嗅がせたおかげで、芝原の罪は減じられた。

「減じられても、島送りか」

「送られたさきは御蔵島《みくらじま》。八丈島《はちじょうじま》のつぎに逃げるのが難しい島ですよ」

重罪人をはこぶ流人船は、朝まだきに永代橋《えいたいばし》の桟橋から出て、まず浦賀番所《うらがばんしょ》へ向かう。さらに、伊豆《いず》の下田《しもだ》へ回航し、好天を待って十一里さきの新島《にいじま》へ向かい、そこから南へ十三里の三宅島《みやけじま》、同じく南へ五里の御蔵島、そして巽《たつみ》（南東）の方角へ二十里余りの八丈島へとたどっていく。

御蔵島はもっとも小さいので流人の数も少なく、三左衛門もあまり耳覚えのない島だった。

「手引きしたやつがいるにちげえねえ。そう踏んではいますけど、島役人を調べてみないことには詳しい事情はわかりません」

島抜けを許した島役人は江戸へ戻され、与力に取り調べを受けているという。

「こっちは指をくわえてみてるっきゃねえ」

定町廻りに調べる権限はない。

半四郎は口惜しげに漏らし、安酒を呷《あお》った。

三左衛門は、空になったぐい呑みに酒を注いでやる。

「八尾さん、それで、芝原某と逃げたもうひとりの素姓は」

「小悪党です。ひょっとしたら、そいつが八十吉かも」

「え」

「冗談ですよ」

小悪党の名は、熊次郎《くまじろう》というらしい。

「人相書をみると、ずんぐりした丸顔の四十男でね、ひょろ長い八十吉の風体とはほど遠い。ただし、それと断じるのも早計でしてね、島抜けした流人と別の罪人を取りちがえたってことは以前にもある」

「八十吉の線はまだ残っていると仰る」

「ええ」

意味ありげに微笑《ほほえ》む半四郎に向かって、三左衛門はつづけて問うた。

「八十吉が島帰りではなく、島抜けだったとしたら、八尾さん、どうします」

「放っちゃおけませんね。しかも、江戸に戻って罪を重ねているとしたら、土壇《どだん》送りにしなくちゃならねえ」

どっちにしろ、照降長屋は疫病神《やくびょうがみ》に狙いを付けられたようだ。

「浅間さん。何かわかったら、また来ますよ」

「はあ」

「それじゃ、今日のところはごちそうさま」

快活に言いおき、半四郎は探索へ向かっていった。

ひとり残された三左衛門は、手酌《てじゃく》で冷めた酒を呑む。

平皿に残された秋刀魚の骨が、不吉な予感を抱かせた。

五

照降長屋の木戸をくぐると、捕り方が待ちかまえていた。

住人たちが騒然とするなか、おまつが必死に駆けてくる。

「おまえさん、たいへんだよ」

「どうした、落ちつけ」

「おつねさんが、お縄になっちまう」

「何だと」

どぶ板を挟んで向かいの部屋をみれば、後ろ手に縛られたおつねがちょうど外へ引きずりだされたところだ。

「わたしではありません。わたしでは」

縄を握る同心は、半四郎ではない。

十《とお》ばかり年を食っている。

見知った顔だが、名は忘れた。

人相からして、癖《くせ》の強そうな定町廻りだ。

三左衛門は、どぶ板を乗りこえた。

「お役人、どうしたというのだ」

「この女が頼母子講の金を盗んだと、訴えがあったのさ」

「いったい、誰がそんなことを」

「説明してる暇はねえ。退《の》け」

「お待ちくだされ。本人は罪を認めておらぬぞ」

年輩の同心は口端を捲《まく》り、にやりと笑う。

「責め苦を与えりゃ、すぐに吐くさ」

怒りが迫りあがってきた。

「おい、それはおかしいだろう。やってもいない者を罪人に仕立てあげるのか」

「何だと」

同心は朱房《しゆぶさ》の十手《じつて》を抜き、先端を鼻先に突きつけてくる。

「お上のやることに逆らうのか、あん。女の肩を持つと、後悔することになるぞ」

三左衛門は怒りをおさめ、頭《こうべ》を垂れた。

「頼む。後生だから再考してくれぬか」

「痩せ浪人め、退け」

傍《はた》からみればおかしいほど、三左衛門は粘った。

気づいてみれば、住人たちが人垣をつくっている。

なかには、白い目でみる者もあった。

おつねは観念したように、俯《うつむ》いてしまう。

三左衛門はすっと身を寄せ、耳許に囁《ささや》いた。

「あきらめるんじゃない。きっと救ってやる」

なぜ、励ましのことばを吐いたのか、自分でもよくわからない。

おつねは困惑してみせたが、木戸を踏みこえたところで振りかえり、力強くうなずいてくれた。

野次馬が散って騒ぎが収まると、さっそく、おまつに詰めよられた。

「救ってやるだなんて、おまえさん、何であんなことを言ったのさ」

「ん、別に」

口ごもると、おまつに耳を摑まれ、ぐいっと引きよせられた。

「おまえさん、正直に喋っておくれ」

こうなれば、箱崎で目にした出来事をはなすしかない。

三左衛門はおまつを部屋に誘い、ぼそぼそ喋りはじめた。

おまつは仕舞いまで神妙にはなしを聞いていたが、おつねのおかれた苦境にえらく同情したようだった。

「八十吉とかいう男、まちがいなく情夫だね」

「そうだな」

おつねは岡場所にいたころ、八十吉にさんざん貢《みつ》がされ、骨の髄までしゃぶられかけた。ところが、幸運にも八十吉は何かの罰で島送りになり、一度は関わりを断つことができたのだ。

「疫病神がいなくなり、おつねさんは幸運を摑んだかにみえた。長八さんという甲斐性《かいしょう》のあるおひとといっしょになったんだからね」

だが、幸せは長くつづかなかった。

島から江戸に戻った八十吉に居所を嗅ぎつけられ、金を無心されたのだ。操《みさお》まで奪われたかどうかは、おつねに確かめねばわからない。

ただ、ふたりが船宿の二階座敷にいたことはあきらかだ。

たとい、からだを許しておらずとも、いっしょにいたというだけで亭主を裏切った事実からは免れまい。

「洗濯屋のおせいさんが見掛けたのは、たぶん、八十吉だとおもうよ。そいつがきっと頼母子講のお金を盗んだのさ」

そして、おつねに罪をなすりつけた。おまつの描いた筋が真実なら、ひどいはなしだ。とうてい許すことはできぬと、三左衛門はおもった。

六

捕縛《ほばく》から二日目。

半四郎に探ってもらい、おつねを訴えたのは大家の弥兵衛だとわかった。たいした裏付けもなく、岡場所出の女ゆえに怪しいと訴えたのだ。半四郎なら、そうした訴えを取りあげなかっただろう。おつねに縄を打ったのは、弥兵衛から袖の下を貰っている同心だった。

そうした経緯《いきさつ》は隠しておけず、すぐに住人たちの知るところとなったが、弥兵衛が針の莚《むしろ》に座らされる一方で、おつねの過去を知った連中があらためて疑いを抱きはじめ、長屋の空気は沈鬱《ちんうつ》なものに変わっていった。

「ふん、毎度のことさ。白い目でみられるのにゃ馴れてらあ」

亭主の長八は、朝っぱらからやけ酒を喰《くら》っている。

「鏝絵を放っておいてもいいのか」

と、三左衛門が諭しても、聞く耳を持たない。

「いいから来い」

ついに我慢の限界を超え、長八の襟首《えりくび》を摑み、引きずるようにして木戸の外へ出た。

周囲の目も気にせず、往復びんたをくれてやり、荒布橋を渡って魚河岸の堀留へ連れていく。

浮世小路へたどりつくと、百川の撫子女将が仁王立《におうだ》ちで待ちかまえていた。

若い職人たちは、涙目でしょんぼり佇《たたず》んでいる。

正面の壁に近づくにつれて、長八の顔から血の気が失せていった。

青龍の描かれた壁面には、墨で落書きがほどこされていた。

「……な、何ということった」

三左衛門も驚きを禁じ得ず、呆然と立ちつくすしかない。

――鏝師長八の女房は盗人の売女。

長八は項垂《うなだ》れ、がっくり両膝を落とす。

撫子女将がやってきて、長八の震える肩に手を置いた。

「親方、事情は聞いたよ。今は耐えるときさ」

「……お、女将さん」

「お酒はやめるんだよ。いいね、わかったかい」

「……へ、へい」

「わたしも廓の出だからね、おつねさんの口惜しさはようくわかる。世間ってのは冷たいものさ。いちど心に芽生えた疑念を晴らすのは、容易なことじゃない。おまえさんが支えになってあげなきゃいけないよ」

「……へ、へい……あ、ありがとうごぜえやす」

長八は感極まり、嗚咽《おえつ》を漏らしはじめた。

「わたしは信じている。あのおつねさんが盗みなんぞするはずはない。でも、おまえさんは少し休んだほうがいい。今のままでは、まともな鏝絵なんぞ描けやしないよ」

「……す、すんません」

「心配しなさんな。おまえさんがしゃんとするまで、待っててあげるから」

撫子女将は気丈さをみせ、みずから落書きを消しはじめた。

若い職人たちも泣きながら、必死になって女将を手伝う。

長八は浜に打ちあげられた水母《くらげ》のように、へたりこんでしまった。

女将の言うとおり、この調子では仕事など手につくまい。

待宵まであと五日、急いで仕上げねばならぬ筑土八幡の白虎も捨ておかれたままになるだろう。

だが、三左衛門には、どうすることもできない。

慰めのことばを吐けば、虚しさが募《つの》るだけだ。

一刻も早くおつねの疑いが晴れることを祈りつつ、浮世小路をあとにするしかなかった。

七

その夜、長八はとんでもないことをしでかした。

撫子女将の助言を聞かず、居酒屋で正体を失うほど酒を吹い、酔った勢いで地廻りの若い衆と喧嘩《けんか》になり、相手を傷つけたあげく、ぼこぼこにされ、若い衆の屯《たむろ》するねぐらへ連れていかれたのだ。

たまさか、居酒屋に居合わせた長屋の住人が教えてくれ、三左衛門は押《お》っ取《と》り刀《がたな》でねぐらへ向かった。連れていかれたさきが「湯島の権蔵一家」と聞いたときは気づかなかったが、神田川に架かる昌平橋《しょうへいばし》を渡ったあたりで、ふいにおもいだした。

権蔵一家といえば、島抜けした芝原某という浪人が草鞋を脱いでいたところだ。

湯島の顔役とも称される権蔵の屋敷は、妻恋坂の坂上にあった。

堂々とした表口の敷居をまたぐと、土間に転がされた長八が殴る蹴るの暴行を受けている。

抗うことができないばかりか、すでに、意識すらないようだった。

「おい、やめろ」

怒鳴りあげると、強面《こわもて》の若い衆に睨まれた。

「誰だ、おめえは」

若い衆はぜんぶで五人いたが、顔に傷を負っている者はいない。

妙だな。

疑念が湧いた。

喧嘩ではなく、長八は難癖《なんくせ》をつけられたのではあるまいか。

だとすれば、強面の連中に理由を糾《ただ》さねばならない。

「わしは浅間三左衛門。長八と同じ照降長屋の住人でな、近所のよしみで連れもどしにまいった」

「ぬへへ、世話焼きの痩せ浪人がいたもんだぜ」

破落戸《ごろつき》どもは顔を見合わせ、へらへら笑いだす。

「あいにくだが、はいそうですかと帰《けえ》すわけにゃいかねえ」

「どうすれば帰してもらえる」

「へへ、おとしまえをつけてもらおうか」

脅すような口振りにたいして、三左衛門は平然と応じた。

「いったい、何のおとしまえだ。みたところ、おぬしらのなかで傷つけられた者はおらぬようだが」

「いるさ」

「どこに」

詰めよると、ひとりが奥へ声を掛けた。

「兄ぃ、すまねえが、ちょいと顔をみせてくれ」

しばらくすると、痩せた人影があらわれた。

三左衛門を見定め、相手はぎょっとする。

「お、おめえは」

口をへの字に曲げた悪相には、見覚えがあった。

「八十吉か」

「くそっ、何でおめえがここにいやがる」

釣り竿で叩かれた月代《さかやき》を撫《な》で、小悪党は口を尖《とが》らせる。

三左衛門は目を逸らさずに、じっくりうなずいた。

「なるほど、読めたぞ。おぬし、長八がおつねの亭主と知ったうえで、わざと難ったな」

「ふん、それがどうした。恥さらしの女房を虚仮《こけ》にしたら、その野郎が五合徳利《ごごうどつくり》で殴りかかってきたんだ。おかげで、ほれ、このとおり、でこに瘤《こぶ》ができちまった」

たしかに、瘤はある。だが、たいした傷ではない。

「おぬし、ふざけて難癖をつけたのか。それとも、何か狙いでもあったのか」

「おめえにゃ関わりのねえはなしだ。ふん、貧乏侍め。出しゃばると、ただじゃ済まねえぞ」

頼母子講の金を盗んだのも、百川の壁に落書きをほどこしたのも、板の間でせせら笑う小悪党がやったことにちがいない。

そうした疑いが、三左衛門の怒りに火を点ける。

「なぜ、嫌がらせをする。おつねに捨てられたことを、根に持っているのか」

「そうじゃねえ。あいつは、おいらを売ったんだ。おいらが抱え主の稼ぎに手をつけたと、お上に訴えやがったのさ」

「ちがうのか」

「たしかに、盗んだのはおいらさ。たかだか、十両ぽっちの金だった。そいつがばれて縄を打たれたのよ。おつねのやつが訴人《そにん》をやったせいで、おいらは五年も島暮らしをさせられたんだぜ」

よしんば訴えられたとしても自業自得、おつねへの恨《うら》みは逆恨みでしかない。

それにしても「十両ぽっちの金」という言い方が引っかかった。盗人裁きの御《ご》定法《じょうほう》では「十両盗めば首が飛ぶ」というのが常だ。十両盗んでも島送りで済んだとなれば、調べの段階でまちがいがあったか、裁きに手心がくわえられたか、どちらかということになる。

だが、三左衛門の関心は別にあった。

「おつねが訴えたという証拠でもあるのか」

「んなものはいらねえ。おいらがそうだとおもえば、それが証拠なんだよ」

「むちゃくちゃなはなしだな。わしがおもうに、おつねは誰かを売るようなまねはせぬおなごだぞ」

「けっ、おめえなんぞに何がわかる。五年も御蔵島で辛酸《しんさん》を舐《な》めさせられたおいらの気持ちが、痩せ浪人なんぞにわかるもんか」

三左衛門は、ぴくっと片眉を吊りあげた。

「おぬし今、御蔵島と言ったな」

「それがどうした」

「赦免船《しゃめんぶね》で帰ってきたのか」

「ああ、そうさ。文句でもあんのか」

「いいや、別に」

芝原某が島抜けをはかったのも、御蔵島であった。

教えてくれた半四郎は半信半疑の様子だったが、島抜けをはかったもうひとりの男とは、やはり、八十吉なのかもしれない。

ただ、今はそのことを追い責めるときではなかった。

三左衛門は一歩踏みだし、気を失っている長八に近づいた。

「ずいぶん、こっぴどくやられたな」

介抱《かいほう》しようと歩みよる。

「おっと、待ちやがれ」

若い衆のひとりが匕首を抜き、長八の右手甲に白刃の切っ先を当てた。

「そっから一歩でも近づいてみろ。ぶすりだかんな。へへ、こいつは鏝師なんだろう。右手が使いものにならなくなりゃ、命をとられたも同然だぜ」

「無体なことはやめておけ」

三左衛門は、つとめて冷静に言った。

すでに、腸《はらわた》は煮えくりかえっている。

「動くんじゃねえ。本気だかんな」

別の若い衆が近づき、長八の懐中に手を突っこむ。

財布を抜きだすと、小判が五枚もはいっていた。

「やっぱし持っていやがった。鏝師ってな、儲《もう》かる商売らしいな」

三左衛門は眸子をほそめ、顎《あご》をしゃくった。

「その金はくれてやる。長八を傷つけるな」

「うるせえ。楊枝削りの痩せ浪人め。てめえの出る幕じゃねえんだよ」

「何なら、土下座《どげざ》でもしようか」

三左衛門は膝を屈し、土間に両手をついた。

「ぬへへ、こいつ、ほんとうに土下座しやがったぜ」

「ふん、ざまあねえや。ついでに、その刀も置いていけ」

破落戸どもにはやしたてられ、三左衛門は素直にうなずく。

「承知した」

大刀を鞘《さや》ごと帯から抜きとった。

破落戸どもが、さっと身構える。

「そいつは侍の魂《たましい》なんだろう。抛《ほう》ってみろ。できねえか」

「できるさ、ほれ」

大刀を抛ってやる。

と同時に、小柄《こづか》を投げた。

「ぎゃっ」

小柄の先端が、匕首を握った男の手甲に刺さる。

三左衛門は跳ねおき、素早く身を寄せた。

別のひとりが、土間に転がる大刀を拾う。

抜きはなった。

「死ねっ」

真《ま》っ向《こう》から、斬りさげてくる。

だが、刀に光はない。

竹光なのだ。

「莫迦《ばか》め」

三左衛門は素手《すで》で払いのけ、固めた拳《こぶし》を相手の顔に埋めこむ。

「ぶひゃっ」

鼻血を散らして倒れた男を踏みこえると、二人目が匕首で突いてきた。

避けながら腕を搦《から》めとり、背負い投げで土間に叩きつけてやる。

「ぐふっ」

さらに、躍りかかってきた三人目は手刀を首筋に当て、瞬《また》きのあいだに三人を昏倒《こんとう》させた。

残った連中は、及び腰になった。

三左衛門は裾の埃《ほこり》を払い、長八を背後から抱きおこす。

「いやっ」

活《かつ》を入れた。

「うっ」

長八は目を醒まし、充血した眸子で周囲をきょろきょろみまわす。

「あ、旦那」

暢気に漏らす男の惚《ほう》けた顔を、三左衛門は張りたおしてやりたくなった。

気持ちをぐっと抑え、破落戸どもを眺めまわす。

「では な、連れてかえるぞ」

長八を立たせ、敷居に向かって後退《あとずさ》った。

八十吉たちは歯が立たないと悟ったのか、外まで追ってこない。

すでに亥《い》ノ刻（午後十時）を過ぎ、町木戸は閉まっていた。

妻恋坂のうえに立つと、夜空にくっきり月が浮かんでいる。

「九日《ここのか》の月か」

半月でもなく、満月でもない。どっちつかずの中途半端な月だ。

三左衛門は、静かに問いかけた。

「長八よ、妻恋稲荷《いなり》の縁起は知っているか」

「へえ、何となく」

そのむかし、日本武尊《やまとたける》が東征途中の三浦《みうら》半島から房総《ぼうそう》にいたる沖合で遭難《そうなん》しかけたとき、妃《きさき》の弟橘姫《おとたちばなのひめ》が海に身を投げて海神の怒りを鎮《しず》めた。夫を慕う妃の尊い心を忘れまいと、稲荷社が開基されたのだ。

「師走《しわす》になるといつも、おまつといっしょに縁起物の夢枕を買いにくる。宝船に七福神《しちふくじん》が乗っているやつさ」

正月二日の夜には、夢枕をかならず枕のしたに敷いて寝る。

「どんな夢をみたかなんぞは、疾《と》うに忘れちまっているがな。縁起のいい初夢をみたつもりで妻恋稲荷へ初詣《はつもうで》にやってくる。そして、ふたりで同じことを祈るのさ。末永く夫婦円満でいられますようにってな」

長八は身を乗りだしてくる。

「それで、御利益《ごりやく》はありましたかい」

「おおいにあると、こっちはおもっているがな、向こうの気持ちまではわからぬ」

「おまつさんなら、おもっていなさるはずだ」

そのとおりだと、三左衛門もおもう。

おまつは日本橋の呉服町《ごふくちよう》で糸屋を営む大店《おおだな》の長女として生まれ、二十歳で紺屋《こうや》に嫁いだ。嫁いださきで、おすずを授かったが、浮気な亭主に三行半《みくだりはん》を書かせて、幼いおすずを連れて実家へ戻った。ところが、実家は蔵荒らしにやられ、双親は心労のせいで亡くなった。

おまつは幼いおすずを抱え、途方に暮れていた。

三左衛門と深い仲になったのは、ちょうどそのころだった。

ひとつ屋根のしたで暮らしはじめ、数えきれぬほど喧嘩もしたが、別れ話を持ちだしたことは一度もない。

「羨ましい。あっしも、旦那たちみてえになりてえ」

「なれるさ。でも、そのまえに、月に向かって女房の無事を祈ったほうがいい」

「旦那、あんな丸くもねえ月に祈って、御利益なんぞあんのかい」

「妻恋の月だ。どんなかたちだろうと、御利益はあるさ」

「そうだよな」

長八は何度もうなずき、九日の月に手を合わせる。

彫像のようにじっと動かず、いつまでも祈りつづけた。

八

翌朝から、長八は人が変わったようになった。

筑土八幡の白虎を仕上げるべく、必死になって絵を描きはじめたのだ。

待宵まで残された猶予《ゆうよ》は、あと四日しかない。

長八は筑土八幡に行ったきり、長屋へ戻ってこなくなった。

江戸は朝から野分だち、湿気をふくんだ風は重く感じられた。

大風に備えて雨戸を閉めきったり、表戸に木材を打ちつける商家なども見受けられたが、日暮れ時になっても大風が襲ってくることはなかった。

三左衛門は半四郎に導かれ、湯島へ向かっている。

耳寄りなはなしを、いくつか聞かされた。

ひとつは、おつねの様子だ。

今も茅場町《かやばちょう》の大番屋《おおばんや》に留めおかれ、口を割らずに耐えているという。

手柄を焦る同心は一日も早く小伝馬町《こでんまちょう》の牢屋敷《ろうやしき》へ送りたいのだが、半四郎は
「そう易々《やすやす》と許可状は出させねえ」と胸を張った。

貸しのある与力に耳打ちし、何日か待ってもらっているらしかった。

それを聞いて、三左衛門は安堵したものの、猶予は二、三日しかない。

一刻も早く、頼母子講の金を盗んだ下手人《げしゅにん》をみつけねばならなかった。

「八十吉を捕まえて吐かせましょう」

三左衛門の台詞に、半四郎は渋い顔をした。

八十吉らしき人影を目にした洗濯女のはなしだけでは弱い。すでに、捕縛されたおつねに疑いが掛かっている以上、八十吉を捕まえるにはどうしても確乎《かっこ》とした証拠が要るのだ。

「ただ、島抜けの線から当たってみる方法はある」

八十吉が御蔵島に流されていたことも、江戸へ戻って権蔵一家の厄介になって

いることも、偶然にしてはできすぎている。おそらく、芝原世之介なる浪人と島抜けをはかった「熊次郎」は八十吉にちがいない。

半四郎はそう踏み、内々ですすめられている島役人への取り調べを探ってみた。

そして、奉行所の外に出せないような経緯のあらましを知ったのだ。

「島役人が島抜けの手引きをしていた」

と聞き、三左衛門は耳を疑った。

厳しい責め苦に耐えかね、すでに、島役人はみずからの罪をみとめていた。

どうやら、芝原世之介から袖の下を貰い、踏みこえてはいけない一線を越えてしまったらしい。

袖の下は何と三十両におよんでいた。

罪人が持ちこむことのできる金額ではない。

しかも、島役人は芝原から三十両のほかに、人相書を一枚貰っていた。

「こぶとりで丸顔の四十男、熊次郎の人相書ですよ」

「え」

御蔵島の流人に、人相書の男はいなかった。いるようにみせかけて、誰かを逃す方便だったという。

誰かとは「名無しの権兵衛《ごんべえ》」のことだ。

五年前に島へ流されたときから「権兵衛」と呼ばれていたので、島役人もそれが本名だとおもいこんでいたらしかった。

「実際に島抜けしたのは、痩せてひょろ長《なげ》え男だった。権兵衛の風体は、八十吉に似通っていやがった」

三左衛門の頭には、数々の問いが浮かんだ。

かりに、島抜けをはかったのが八十吉だったとして、なぜ、芝原は人相書を細工してまで逃がそうとしたのか。

そもそも、八十吉と同じ御蔵島へ送られたのは偶然だったのかどうか。

偶然でないとすれば、いったい誰が何の目的で、しかも、どのような手を使って島送りにしたのか。あるいはまた、八十吉は五年前に島へ送られる時点で、どうやって名を変えることができたのか。

さまざまな問いが浮かんでは混沌《こんとん》と渦巻き、考えあぐねていると、半四郎が「そのこたえは湯島にあるかも」と笑った。

誘われてやってきたのが、湯島天神裏の岡場所だった。

「ふふ、小便臭《くせ》えところでしょう」

「まったく、仰るとおり」

三左衛門は息を詰めて露地裏を歩きながら、薄汚い軒下から蒼白い女郎の腕が伸びてくるのをみた。

黒羽織《くろばおり》に小銀杏髷《こいちょうまげ》の同心に気づいた途端、蒼白い腕は脅えたように引っこむ。

「浅間さん、五年前、おつねはここにいたんですよ」

ぼそりと、半四郎は言った。

もっとましなところを想像していただけに、三左衛門は驚きを禁じ得ない。

「この糞溜《くそだめ》から救ったのが、長八だったんです。どれだけ、感謝したことか。おつねの気持ちが手に取るようにわかるってもんでしょう」

半四郎の言うとおりだ。

「五年前まで、八十吉はおつねの情夫だった。ところが、おつねの抱え主から十両を盗み、それが発覚して捕まった。八十吉は訴人をやったのがおつねだとおもいこみ、逆恨みから嫌がらせをやった」

そうした筋を描きながらも、半四郎は首を捻る。

「どうも、いまひとつしっくりこねえ」

八十吉が捕まった経緯を掘りさげてみれば、しっくりこない理由がわかるかもしれない。

そのあたりの経緯を知る者はひとり、おつねの抱え主だという。

「まさか、抱え主に会いにいくと」

「しぶとく生きてるようなんでね。逃しちゃまずいんで、浅間さんにもご足労願ったんですよ」

抱え主の名は、銭六《ぜにろく》という。

綽名か本名かもわからず、齢《とし》も素姓も不詳《ふしょう》だが、何年もまえからこの界隈で女郎たちを仕切っている男らしかった。

半四郎が銭六に目を付けたのは、おつねの抱え主だったというほかにも理由がある。それは芝原世之介が捕まった事情と深く関わっていた。何と、芝原は一年前に銭六が抱える女郎を斬って死なせ、そのせいで捕縛されて詮議《せんぎ》を受け、御蔵島送りとなったのだ。

ひとをひとり斬っておいて島送りで済まされたのも妙なはなしだが、ともあれ、八十吉と芝原を繋ぐ鍵は銭六が握っている。

ふたりは黙って歩をすすめ、怪しげな気配の潜む部屋のまえに立った。

裏口のないのを確認すると、半四郎が一歩近づき、前触れもなしに引き戸を開ける。

「銭六、邪魔するぜ」

刹那、黒い影が半四郎の脇を擦りぬけて飛びだしてきた。

「浅間さん」

呼ばれるまでもない。

三左衛門は風のように駆けより、驚いた男の肩口に白刃を振りおろす。

――ばすっ。

目にも留まらぬ捷《はや》さで抜かれた脇差は、逃げる相手の急所を捉えた。

ただし、白刃は峰に返されている。

その場に倒れた銭六は、ちゃんと生きていた。

「うほほ、助かった。おもった以上に、すばしこい野郎だ。浅間さんが居てくれなければ、捕り逃がすところでしたよ」

半四郎は屈みこみ、気絶した男を後ろ手に縛ったうえで活を入れた。

「うっ」

目を醒ました男は、貧相な痘痕面《あばたづら》の老人だった。

半四郎が十手を翳《かざ》すと、鼠《ねずみ》のように脅えてしまう。

「銭六よ、正直にこたえてくれりゃ、縄を解いてやるぜ」

「え」

「安心しろ、警動《けいどう》（手入れ）じゃねえ。おめえみてえな小悪党を捕まえたところで、手柄にも何にもならねえんだ。ただし、正直に喋らねえときは、首と胴が離れるぜ。そのために、こちらの旦那を連れてきたんだからな」

銭六が脅えた目を向けたので、三左衛門は閻魔顔《えんまがお》で睨んだ。

半四郎がつづける。

「ふふ、剣の力量はその目でみたはずだ。こちらの旦那は御公儀の介錯人《かいしやくにん》でな、近頃は不景気のせいで表の商売だけじゃ食っていけねえ。夜な夜なこうして小悪党の首を刎《は》ねてまわり、小金を稼いでいらっしゃるのさ」

「……ま、まさか」

「信じる信じねえは、おめえの勝手だ。知ってのとおり、御公儀の介錯人てな、首を飛ばすのが商売だ。おめえが嘘を吐いた途端、白刃が闇に躍るって寸法よ」

薬が効いたのか、銭六は顎の震えを止められない。

「さあ、長ったらしい口上は仕舞《しめえ》にしよう。おめえに聞きてえことは、ふたつある。ひとつは五年前の出来事だ。おつねの情夫で、八十吉って野郎がいたな」

「へ」

「へ、じゃねえ。八十吉はおめえの貯めた十両を盗んで御蔵島へ送られた。そうなんだろう」

「へ、へい」

「でもよ、十両盗んで島送りたあ、妙なはなしじゃねえか。十両盗めば首が飛ぶ。そいつがお上の御定法だ。三つの子でも知っていることだぜ」

銭六は、のどをひきつらせる。

「あっしがお役人に申しあげたんです。盗まれたのは五両だって」

「ほう、そいつはまたどうして」

「お役人に、そうしろと言われやした。正直に訴えたら、八十吉は土壇へ送られる。目覚めが悪くなるぞと脅され、言うとおりにいたしやした」

「役人の名はわかるけえ」

「い、いいえ。お顔も忘れちまいやした」

「嘘じゃねえな」

「へ、へい」

「どっちにしろ、八十吉を訴えたのは、おめえだった。おつねじゃねえってことか」

「おつねのわけがありやせん。あれは、そうした裏切りのできねえおなごで」

銭六は一瞬、懐かしそうな目をした。

おつねは抱え主からも気に入られていたのだと、三左衛門はおもった。

「旦那、じつはもうひとつ、お役人に言われやした。誰かに聞かれても、八十吉の名はいっさい出すなと。そいつを女郎たちにも言っておけと命じられ、とりあえず、おつねにはそのように申しつたえやした」

「いってえ、どういうことだ」

「お調べいただければ、おわかりになるかもしれやせん。五年前の件で捕まったのは八十吉ではなく、無宿の権兵衛にごぜえやす」

「あんだと」

「名無しの権兵衛でやすよ。あっしは、裏があるとおもいやした。でも、関わりを避けようと、頰被《ほっかむ》りをきめこんだんです」

役人の名が、どうしても知りたくなった。

裁許帳《さいきょちょう》を調べれば、わかるかもしれない。

もちろん、半四郎に任せればよいことだ。

「よし、つぎに移ろう。一年前のはなしだ。芝原世之介は知っているな」

銭六はこっくりうなずき、眸子に怒りの色を浮かべる。

「どうしたい。おもいだしたくもねえ野郎のようだな」

「そりゃもう、でえじな女郎を斬った狂犬でやすからね」

「そのときのことをはなしてくれ」

「はなすも何も。芝原のやつは酔った勢いで抱いた女郎を、理由もなしに斬ったんでやすよ」

しかも、芝原は惨劇の場から逃げようとせず、四尺の刀を床に抛り、どっかと胡座《あぐら》を掻いた。そして、捕り方がやってくると、抗おうともせずに捕縛されたという。

「妙じゃねえか。理由もなしに斬ったのなら、芝原は斬首だろうが」

ところが、こちらも御蔵島送りで済まされた。

「じつは、それにゃ理由がありやす」

「おう、喋ってみろ」

「どうか、ここだけのはなしに」

「誰かに、そう言われたのか」

「へ、へい」

「誰だよ」

「そいつは……」

銭六は口ごもり、三左衛門のほうをちらりとみた。

「……喋りやすから、どうか命だけは」

「ああ、心配するな」

三左衛門が応じてやると、銭六は蚊《か》の鳴くような声で言った。

「妻恋坂の権蔵親分でやす」

「あんだと」

三左衛門と半四郎が、同時に驚きの声をあげる。

銭六によれば、捕り方よりもひと足早く権蔵が惨劇の場にあらわれたのだという。

「親分ご本人が来られたもんで、あっしはびっくりしちまって」

「そりゃそうだろうな」

饐《す》えた臭いのする岡場所へ、地廻りの親分みずから足をはこぶことはまずない。

　銭六はそれまでも権蔵から、所場代をたっぷり搾《しぼ》りとられていた。

「親分に逆らったら、この界隈じゃ食っていけねえ。下手《へた》を打てば、簀巻《すま》きにして大川《おおかわ》へ捨てられちまいやす」

　半四郎が眉根を寄せる。

「権蔵ってのは、それほど恐《こえ》え野郎なのか」

「鬼でやすよ。人殺しなんざ、平気でやっちまうおひとなんだ。しかも、自分の手は汚さねえ。火事や出水《でみず》のときなんかは、善人面《づら》して義援金なんぞを集めておりやすがね、そいつをぜんぶ懐中に入れてるって噂もある」

「ふうん。それで、権蔵に何を吹きこまれた」

「へい。女郎が正気を失って、客の刀を抜こうとした。だから、斬ってすてたと役人に言え。言わなきゃ、簀巻きにするぞと脅されやした」

「そうかい、なるほどな」

　芝原は権蔵一家の用心棒だった。

　もしかしたら、権蔵の指図で女郎を斬ったのかもしれない。

　島送りになるのを見越して、権蔵がやらせたのだ。

三十両もの大金を芝原に持たせたのも、権蔵であろう。
権蔵ならば、相手が与力でも鼻薬を嗅がせることは容易だ。
送る島を御蔵島に定めることも、できない相談ではない。
半四郎の考えていることが、三左衛門には手に取るようにわかった。
肝心なのは、権蔵が芝原世之介を御蔵島へ送りこもうとした狙いだ。
八十吉を島抜けさせること以外には、これといって理由は浮かばない。
しかし、なぜ、あんな小悪党を救おうとしたのか。
合点がいかない。
小悪党ひとりを救うべく、用心棒に殺しまでやらせる必要があったのか。
どう考えても、そこまでして救う価値のある男にはおもえなかった。
「銭六よ、八十吉ってな、どういう男だ」
半四郎が問うと、皺顔《しわがお》の抱え主は薄く笑った。
「そこいらに掃いて捨てるほどいる小悪党のひとりでやすよ」
これ以上、問うことはない。
露地裏に吹く風は、強さを増している。
銭六は縄を解かれ、薄暗い巣穴に引っこんだ。

九

町木戸が風に震えている。
表通りには空樽《あきだる》がいくつも転がっていた。
野分だ。
半四郎に言われた「身辺には気をつけたほうがいい」という台詞が耳に残っている。
だが、今は風のことしか頭になかった。
暴風の吹きあれる風下にまわれば、髷まで飛ばされてしまいかねない。
三左衛門は前屈みになって進み、どうにか照降長屋へたどりついた。
足許のどぶ板もすべて、吹きとばされている。
部屋の戸は、がたがた音を起てていた。
突如、暗闇に龕灯《がんどう》の光が照らされる。
おまつが、裸足で飛びだしてきた。
「おまえさん、おきちがいない。いなくなっちまったんだよ」
後ろで、おすずが泣きじゃくっている。

三左衛門は、おまつから龕灯を奪いとった。

「おまえたち、ここにおれ。動くんじゃないぞ」

「おまえさん、心当たりでもあんのかい」

「任せておけ」

おきちはきっと、あそこにいる。

突風に抗い、向かったさきは、日本橋川の土手だった。

風は吼《ほ》え、丈の高い草叢《くさむら》が生き物のように揺れている。

三左衛門は土手のうえに立ち、龕灯の光を照らした。

漆黒《しっこく》の川面は、凄まじい勢いで流れている。

「おきち、おきち」

声のかぎりに叫び、土手を駆けおりていった。

「女郎花はどこだ」

汀に沿って、舐めるように光を照らしていく。

花もなく、おきちもいない。

「くそっ」

川へはまったのだろうか。

不安が胸に渦巻き、慟哭《どうこく》したくなる。

と、そのときだった。

「父上、父上」

十間ほど後ろの汀から、かぼそい声が聞こえてきた。

「おきち、生きておったか」

おもったとおりだった。

女郎花を大風から守るために、ひとりで土手下へやってきたのだ。

「おきち、今行くぞ」

三左衛門は龕灯を照らしながら、汀に沿って走った。

「うっ」

突如、強烈な光に目を射られる。

白刃か。

龕灯の光を反射させていた。

しかも、刀身が異様に長い。

「あっ」

どきんと、鼓動《こどう》が脈打った。

行く手に、大きな人影が潜んでいる。

四尺はあろうかという刀身の下に、おきちの脅えた顔があった。

「ぬふふ、浅間三左衛門か。こっちから長屋に足労する手間が省けたな」

重厚な声が風音と重なった。

灯りに照らされた顔に見覚えはない。

しかし、誰であるかはわかる。

「芝原世之介か」

「さよう。やはり、わしの名を知っておったか。ふふ、来てみてよかったわい。おもいがけず、戦利品まで拾ったしな」

芝原は薄く笑い、おきちの頭を撫でまわす。

三左衛門は、冷静さを失いかけた。

「島抜けをやらかした以上、捕まれば斬首は免れまい。江戸に留まっているのを誰かに知られるのはまずい、とでもおもったか」

「それもある。されど、理由はほかにある。おぬしを斬ってほしいと、頼まれたのよ」

「湯島の権蔵にか」

「いいや、息子のほうだ」

「息子」

「ああ、とんでもない放蕩者《ほうとうもの》でな、そいつのせいで苦労させられたわ。されど、おかげで百両を手にできた。文句は言うまい」

苦労とは、島暮らしのことだ。

三左衛門は、あくまでも沈着を装った。

「息子の名は」

「地獄へ堕《お》ちるおぬしに教えてもはじまらぬ」

「いいから、教えろ」

「そやつに名は無い」

「名無しの権兵衛か」

「ふん、察しがいいな」

合点できた。

八十吉は、権蔵の息子なのだ。

それさえわかれば、すべての筋が繋がってくる。

「親の情さ」

芝原は嘲笑った。

「どうしようもない阿呆《あほう》でも、血を分けた子のことは可愛いらしい。どうだ、わかったか」

「ああ、すべてな」

あとはこの大風のなか、おきちを救い、四尺刀を自在に扱う剣客とどうやって闘うか。そのことのみを考えればいい。

芝原が問うてくる。

「おぬしの刀、竹光らしいな」

「それがどうした」

「一尺五寸に満たぬ脇差で、わしと張りあうつもりか」

「そうだと言ったら」

「見上げた根性だと、褒めてつかわそう」

「褒めたついでに、願い事をひとつ聞いてくれ」

「何だ」

「娘のことさ。どうせ、斬る気であろう」

「まあな」

「それなら、わしを斬ってからにしてくれぬか」

「なぜ」

「一尺四寸の脇差でも、四尺の刀を負かすことができるかもしれぬ。まんにひとつの当たりくじに賭けてみたいのさ」

「当たりくじを引けば、娘も助かるというわけか」

「さよう。助かる望みさえあれば、死に物狂いで闘ってみせよう」

「ふん、おもしろい」

芝原はおきちをひょいと抱きあげ、草叢のなかに置いた。

「望みどおりにしてやったぞ」

「すまぬな」

「まいろうか」

「のぞむところ」

風上から、芝原が猛然と襲いかかってくる。

「ぬりゃお……っ」

四尺の白刃が真っ向から、脳天に振りおろされてきた。

「おきち、目を瞑《つむ》れ」

三左衛門は叫んだ。

叫びながら身を沈め、左手で地べたの泥を掬《すく》う。

「ふん」

泥を投げつつ、脇差を抜いた。

愛刀の越前康継《えちぜんやすつぐ》だ。

「ねやっ」

逆袈裟《ぎゃくけさ》に薙《な》ぎはらう。

――きいん。

火花が散った。

と同時に、芝原の顔にびしゃっと泥が掛かる。

「ぬえっ」

闇雲《やみくも》に繰りだされた長尺刀の二撃目は、空を斬った。

三左衛門は身を沈め、相手の袖下を擦りぬける。

「げっ……ひ、卑怯《ひきょう》なり」

芝原の脇胴《わきどう》が、ぱっくり裂けた。

びゅっと、鮮血が噴きだしてくる。

「悪党め」

三左衛門は血振りを済ませ、素早く納刀した。

ちんと鍔鳴《つばな》りが響き、芝原は川のほうへ倒れこむ。

水飛沫《みずしぶき》があがった。

黒い屍骸《むくろ》が、浮きつ沈みつしながら川面を流れていく。

三左衛門は深々と溜息を吐き、おきちのもとへ近づいた。

可愛い娘はきちんと言いつけを守り、じっと両目を閉じている。

「もういいぞ」

おきちは目を開け、胸に飛びこんできた。

「よしよし、よくがんばったな」

頭を撫でてやると、小さな手を差しだしてくる。

「父上、これを」

そう言って、悲しげな顔をしてみせた。

差しだされた手には、よれよれになった女郎花の束が握られている。

おおかた、風に薙ぎたおされていたのだろう。

「守ってやろうとしたのか」

「うん」

「気を落とすでないぞ。新しい花は、きっとまた咲く」

優しく諭してやると、おきちはこっくりうなずいた。

「さあ、帰ろう。母上と姉上が待っておる」

「はい」

侍の娘らしく、おきちはしっかり返事をしてみせた。

そのすがたがあまりに健気《けなげ》で、感極まってしまう。

三左衛門は泣くまいと、口をへの字に曲げた。

十

野分が過ぎた翌朝は、からりと晴れた。

午刻《ひるどき》が近づくと町は真夏のような日射しに焼かれ、道行く人々はうんざりした顔をする。

三左衛門は汗だくになりながら、勾配《こうばい》のきつい神楽坂《かぐらざか》を上りきった。

毘沙門天《びしゃもんてん》の手前で右に曲がり、突き当たりにある筑土八幡を覗いてみれば、本殿の一角に張りつめた空気が漂っている。

長八が右手に握った柳刃鏝で、一心不乱に絵を描いていた。

「白虎か」

鏝師の善し悪しは背中でわかると教えられたが、長八の背中には鬼神が宿っているかのようだった。

一瞬たりとも休まず、壁面と格闘している。

背に近づいても気づかず、横にまわっても振りむこうとしない。

長八の横顔には鬼気迫るものがあり、ことばも掛けられなかった。

残された猶予はあと少し、がんばって完成させてくれと胸につぶやき、三左衛門は踵を返した。

こちらにも、急いでやらねばならないことがある。

おつねの疑いを晴らすには、八十吉の罪をあばかねばならない。

しかし、父親の権蔵が町奉行所の与力あたりに手をまわし、巧みに隠蔽《いんぺい》をはかる公算は大きかった。

無策で足を向けても、門前払いにされるだけのはなしだ。

八十吉は神楽坂の茶屋で芸者をあげ、金を湯水のように使っていた。

そんな噂を聞いていたので、さっそく、三左衛門はあらかじめ調べていた茶屋へ足を向けた。

なるほど、八十吉は二階座敷を貸切にし、若い衆五、六人とどんちゃん騒ぎをやっている。三左衛門は見世の者に「仲間だ」と言って信用させ、奥の大階段を上って大広間に顔を出した。

遊びに夢中で、誰ひとり気づかない。

八十吉は捻《ねじ》り鉢巻《はちまき》で着物をはだけ、芸者相手に狐拳《きつねけん》をしている。

「ちょんきな、ちょんきな、ちょんちょんきなきな……」

三味線《しゃみせん》と唄に合わせて打つ動きが速まると、興が乗った連中の応援も熱を帯びていった。

そして決着がついた途端、一瞬の静寂を破って笑いが起こる。

三左衛門は端に置かれた蝶足膳《ちょうあしぜん》から銚子《ちょうし》を拾い、注ぎ口をかたむけて直に酒を呑んだ。

ぐびぐび音を起てて一気に呑み、空になった銚子をぶらさげて近づいていく。

「誰だ、おめえは」

若い衆のひとりが、ようやく気づいた。

八十吉も気づき、ぎょっとして頬を強張《こわば》らせる。

「……て、てめえ、生きていやがったのか」

「おあいにくさまだったな、小悪党め」

三左衛門は大股で近づき、そのまま身を寄せるや、手に握った銚子を八十吉の脳天に振りおろした。

「ふえっ」

砕けた陶器の欠片《かけら》が粉々に散り、月代の裂け目から血が流れおちる。

「きゃああ」

芸者衆は悲鳴をあげて逃げさり、若い衆は驚いて腰を抜かす。

顔じゅう血だらけになった八十吉は畳に尻を落とし、脅えと怒りの入りまじった目を向けた。

「……お、おいらを、どうする気でえ」

「問いにこたえろ。嘘を吐いたら、首と胴が離れるぞ。おぬしが差しむけた芝原世之介のようにな」

三左衛門は脇差を抜きはなち、切っ先を八十吉の鼻先に突きつけた。

「ひぇっ」

小悪党はのけぞり、ついでに小便まで漏らす。

「頼母子講の二百両、盗んだのはおぬしだな」

八十吉は歯の根も合わせられぬほど震え、何度もうなずいた。

「はっきり返事しろ。盗んだのは、おぬしだな」

「……は、はい」

「なぜ、盗んだ」

「……お、おつねは、おいらを拒みやがった」

あの夜、船宿の二階でしっぽり濡れるはずが拒まれ、手込めにしようとすると執拗《しつよう》に抗い、仕舞いには手首に嚙みつかれたという。

「……は、端金《はしたがね》を寄こし、金輪際《こんりんざい》、逢ってくれるなと言いやがった……ご、五年も苦しんだおいらを、おつねは袖にしやがったのさ……だ、だから、苦しめてやろうと」

「そんなつまらぬ理由で、ひとをひとり土壇へ送ろうとしたのか」

しかも、自分は照降長屋から盗んだ頼母子講の金で芸者をあげ、浮かれた遊びに興じている。

「どんな悪さをしても、父親が助けてくれるとでもおもってんのか。だがな、こんどばかりはそうもいくまい」

「後生だ。助けてくれ。金なら払う。おとっつぁんに頼んで、百両でも二百両でも好きなだけ払わせるから。な、頼む。あんただって、金が欲しいんだろう。このまま目を瞑ってくれりゃ、頼母子講の件はおつねがやったことになる。女郎あがりの腐れ女があの世へ逝《い》くだけのはなしじゃねえか。な、おめえさんは芝原世之介の代わりになりゃいい。おとっつぁんに、おいらから口を利いてやるよ」

呆れて、ことばも出てこない。

「腕に自信がある浪人者なら、誰もが権蔵一家の用心棒になりたがる。御大名に仕えるより、よっぽど待遇はいいんだぜ。へへ、どうでえ。一家の用心棒になって、おいらを守ってくれ」

性根が腐っている。

「長ったらしい口上は、それで仕舞いか」

「お、おめえさん、金は欲しくねえのか」

「いらぬ」

三左衛門は、さっと身構えた。

「その代わり、外道の首を貰う」

「うへっ」

愛刀の康継を振りかぶると、八十吉は両手で頭を抱えた。

と、そのとき。

背後の襖《ふすま》が開き、怒声が響いた。

「待たねえか」

振りかえると、自来也《じらいや》のまたがる大蝦蟇《おおがま》のような男が押しだしてきた。

八十吉の顔が、ぱっと生気を帯びる。

「おとっつぁん」

三左衛門は、口端を捻って笑った。

「ほう、おぬしが湯島の権蔵か」

背後には、強面の乾分《こぶん》どもをしたがえている。

権蔵は偉そうに胸を張り、太鼓腹《たいこばら》を揺すりながら歩みよった。

「その莫迦を斬るより、実《じつ》を手にしたほうが利口だぜ」

「実とは何だ」

「きまってらあ」

権蔵が顎をしゃくると、乾分のひとりが五百両箱を抱えてくる。

蓋《ふた》を開けて中味をぶちまけると、畳じゅうに小判が散らばった。

「頼母子講の積立金は二百両だったな。払ってやるから、好きなだけ持っていけ」

三左衛門は身じろぎもせず、じっと相手を睨みつける。

「どうした。どうせ、狙いは金なんだろう。それで足りねえなら、好きなだけくれてやるぜ」

「くふふ」

三左衛門は、ふくみ笑いをしてみせる。

「木っ端《こば》役人どもも、そうやって誑《たら》しこんできたのか」

「ああ、そうだ。金に転ばぬやつはいねえ」

権蔵は獅子鼻《ししばな》をひろげ、ひらきなおる。

「どんなに偉そうなことをほざいても、山吹色《やまぶきいろ》の小判をみせてやりゃ黙りこむ。いちころさ。ましてや、おめえは貧乏長屋で楊枝を削る痩せ浪人だっていうじゃねえか。その莫迦を生かしてくれりゃ、一生かかっても拝めねえ金をくれてやろうってんだぜ」

「おまえさんの莫迦息子を生かせば、罪もない女がひとり死ぬことになる」

「おつねか。ふん、あいつは陸奥《みちのく》の貧しい村に生まれた。村は疫病《えきびょう》に襲われてな、親兄弟は死に、身ひとつで江戸まで逃れてきた。野垂れ死にしかけていたあいつを、おれが拾ってやったんだ。今日まで命があったのは、おれのおかげさ」

「岡場所に沈め、さんざん稼がせたのであろうが」

「ほかに何ができる。何ひとつ芸のねえ田舎者によ。稼ぎの場を与えてもらっただけでも、あいつは感謝しなくちゃならねえんだ」

「おつねは十余年の年季をつとめあげ、鏝師の長八といっしょになった。せっかく摑んだ幸せを壊すことは、おぬしにも莫迦息子にもできぬ」

「ふん。それで、おめえはどうするってんだ」

問われて三左衛門は、平然と言ってのけた。

「八十吉を天に代わって成敗《せいばい》する」

「なにっ」

言うが早いか、三左衛門は越前康継を振りかぶった。

名匠《めいしょう》の手になる業物《わざもの》が、鋭い輝きを帯びる。

「待て、待ってくれ」

うろたえる権蔵を無視し、八十吉の背中を踏みつけた。

「覚悟せい」

亀のように伸びた首根に狙いを定め、無造作に白刃を振りおろす。

「うわっ」

権蔵が叫ぶや、八十吉の首が転がった。

いや、落とされたはずの首は、胴と繋がっている。

白刃は峰に返され、小悪党に白目を剝《む》かせただけだった。

「……嗚呼《ああ》」

権蔵は膝を屈し、顎をわなわなと震わせている。

「……や、八十吉」

「莫迦な子ほど可愛いか。ご覧のとおり、生かしてやったぞ。こいつを死なせたら、おつねの疑いも晴れぬからな」

「……ど、どうする気だ」

「首根っこを摑んで、町奉行所にでも連れていくさ」

「無駄だぞ。痩せ浪人の訴えなど、誰ひとり取りあげぬ」

「どうかな」

権蔵は不思議がった。

「おめえ、何でそこまでやる。おつねにそこまで肩入れして、何の得がある」

「損得でやっているのではない。隣人の不幸を見過ごせぬだけのことさ」

「それだけか」

「ああ、そうだ。おぬしのような悪党がのさばり、弱い者だけが損をする。そんな世の中はまちがっている。誰かが正さねばなるまい」

「ふん、きれいごとを抜かしやがる。そんな寝言を吐いていると、枕を高くして眠れなくなるんだぜ。おめえにゃ、可愛い娘がふたりもいるそうじゃねえか」

「どうして、そんなことまで知っている」

「へへ、あちらの旦那が教えてくれたのさ」

呼ばれて襖障子の向こうから、大柄の同心が顔を出した。

大蝦蟇は、何も知らずに胸を張る。

「こちらはな、南町奉行所の定町廻りで、八尾半四郎さまだ。八十吉の窮地を報《しら》せてくだすってな」

三左衛門は半四郎を睨み、憎々しげに吐いた。

「腐れ同心め」

「あんだと」

半四郎は大股で身を寄せ、腰の刀をずらっと抜く。

「縄を打つのも面倒臭え。おめえなんぞは、こうしてやる」

二尺五寸の刀を大上段に振りかぶり、三左衛門に斬りつける。

「なんの」

三左衛門はこれを弾き、二合、三合と刃がかちあった。

火花が散り、鍔迫《つばぜ》り合いに持ちこまれる。

権蔵も手下どもも、空唾《からつば》を呑みこんだ。

「死にさらせ」

半四郎は上段打ちで誘っておいて、脇胴を抜きにかかる。

「ぬおっ」

三左衛門は前のめりに倒れ、畳に俯《ふ》したまま動かなくなった。

びゅんと白刃を振り、半四郎は刀を素早く納刀する。

「やったか」

ほっと溜息を吐く権蔵のもとへ、半四郎はゆったり近づいていった。

「約定《やくじょう》どおり、邪魔者を消してやったぞ」

「ありがとうごぜえやす」

権蔵が顎をしゃくると、乾分のひとりが新たな五百両箱を抱えてきた。

半四郎は、にやりと不敵に笑う。

「ひとひとり葬《ほうむ》る代金が五百両、そいつが相場ってわけか」

「五百両はちと高《たけ》え。つぎはもう少し、お安く願いやすよ。ね、八尾の旦那」

「へへ、おめえはそうやって、用心棒に何人ぐれえ始末させたんだ」

「おぼえているだけでも、十指に余りやしょうね。ぶへへ」

野卑《やひ》に笑う権蔵の顔から、さあっと血の気が引いた。

死んだとおもっていたはずの三左衛門が、むっくり起きあがってきたのだ。

半四郎は待っていたように、懐中から捕縄《とりなわ》を取りだした。

「権蔵よ。十指に余る屍骸の素姓、じっくり聞かせてもらおうじゃねえか」

「……て、てめえら、おれを引っかけたのか」

「今ごろ気づいても遅《おせ》えんだよ」

半四郎は拳を固め、権蔵のこめかみを撲《なぐ》りつけた。

ぼこっと鈍い音がして、大蝦蟇は畳に倒れこむ。

腹這いにさせられ、後ろ手に縛られただけで、ひいひい悲鳴をあげはじめた。

正気に戻った八十吉も、乾分たちも、呆気にとられている。

しばらくすると、外の暗がりに待機していた捕り方が、頃合をみはからったように雪崩《なだ》れこんできた。

十一

仲秋《ちゅうしゅう》。

月は群雲《むらくも》に隠れていた。

今宵《こよい》は江戸にあるすべての八幡宮で祭礼がおこなわれる。

なかでも最大のものは深川の富ヶ岡八幡宮の祭礼で、辰巳《たつみ》芸者の手古舞《てこまい》や神輿担《みこしかつ》ぎなどのほかに大きな幟《のぼり》が林立するので『幟祭り』の異称でも呼ばれていた。

筑土八幡宮の祭礼は幟祭りには及ばぬものの、出店の提灯が境内《けいだい》を埋めつくし、大勢の参拝客で賑わっている。

三左衛門は照降長屋の連中を引きつれ、喧噪のただなかへ踏みこんだ。

もちろん、長八の鏝絵を拝むためにやってきたのだ。

「ほんとうに、できあがってんのか」

小馬鹿にしたように漏らすのは、大家の弥兵衛だった。

嫌々ながらも来てやったと言いたげな顔だが、鏝絵をみたい気持ちは隠せない。

弥兵衛にかぎらず、長屋の連中はみな、半信半疑な心持ちで従《つ》いてきた。

三左衛門も口では強気なことを言っても、内心では不安でたまらない。

絵の仕上がりもさることながら、はたして、おつねは来てくれるのかどうか。

何よりも、それが不安でたまらなかった。

縄を打たれた権蔵と八十吉は、あきらかになった数々の罪状によって斬首の沙汰を下された。

一方、おつねは晴れて解きはなちとなったが、長八に合わせる顔がないと嘆き、千住《せんじゅ》の木賃宿《きちんやど》に留まっていた。

おまつが千住まで迎えにいってくれたのだ。

「わたしにまかせて」

という女房のことばを、今は信じるしかない。

三左衛門は、おきちの手を引いている。

かたわらを歩くおすずも、不安げな様子だ。

やがて、群雲の狭間《はざま》から、月が顔を覗かせた。

「まんまるのお月さん」

おきちが、手を打ってはしゃいだ。

境内は昼のように照らされ、人々の嬉しそうな顔を浮かびたたせる。

鏝絵の飾られた本殿は、まだ遠い。

参道脇に、おまつが立っていた。

「あ、来てくれたのか」

後ろには、おつねが控えている。

長屋の連中が色めきだした。

「おばちゃん」

おきちが手を振りほどき、参道を駆けていく。

三左衛門もおもわず、小さな背につづいた。

おまつの顔色は冴《さ》えない。

「どうにか来てくれたのよ」

おつねは見る影もなく窶《やつ》れてしまい、三左衛門は掛けることばを失ってしまう。

「浅間さま、ごぶさたしております」

「ふむ」

「おまつさんのありがたいお気持ちにほだされ、恥を忍んでまいりました。でも、ここからさきへは行けません」

「どうして」

「わたしはよせばいいのに、箱崎の船宿で八十吉に逢ってしまいました。どうにかして関わりを断ちたかったのです。でも、あのひとに黙ってお金を渡したあとも、八十吉にしつこくつきまとわれました。たいせつな頼母子講のお金が盗まれたのは、わたしのせいなんです。わたしさえいなかったら、疫病神に狙われることもなかったんだ。長屋の方々にも、あのひとにも合わせる顔がありません」

おつねは、おまつに言ったのと同じ台詞を繰りかえす。

そこへ、意外な人物が助け船を出した。

大家の赤鼻の弥兵衛だ。

「おつねさん、頼母子講の金が盗まれたのは、おまえさんのせいじゃない」

「え」

「盗人呼ばわりしてわるかった。すまぬ、このとおりだ」

深々と頭を垂れる弥兵衛を、三左衛門もおまつも長屋の連中も呆気にとられた顔でみつめた。

「そんな、大家さん。お顔をあげてください」

おつねは涙声で言い、弥兵衛の手を取った。

おまつが、つとめて明るく振るまう。

「そうだよ。赤鼻の旦那も、たまにゃ粋《いき》なことを言うじゃないか。長八さんとおつねさんは同じ長屋の仲間なんだよ。人生、照ったり曇《くも》ったり、ときには雨の降ることだってある。どんなときでも、仲間を優しく包んであげる。それが照降長屋の良いところじゃないか」

「おまつさん」

「さあ、ご亭主の鏝絵を愛《め》でにいこうよ。なにせ、命懸けで描いた一世一代の白虎なんだろう」

「はい」

おつねはどうにか、納得してくれた。

大家をはじめ、長屋の連中の気持ちもひとつになっている。

最後の難関は、長八であった。

なるほど、長八にしてみれば、恋女房に裏切られた気分だったにちがいない。

おつねを許すかどうかは、三左衛門にもわからぬことだ。

満月は煌々《こうこう》と本殿を照らしている。

おつねとおまつを先頭に立て、大勢で本殿のなかを進んでいった。

白装束《しろしょうぞく》の宮司《ぐうじ》や巫女《みこ》らしき者たちはいるものの、肝心の長八は影もない。

「どこへ行ったのだ」

やはり、完成にいたらず、この場から逃げだしてしまったのだろうか。

美しい巫女がひとり、滑るように近づいてきた。

「みなさま、ようこそ、おいでくださりました。今宵の良き日を迎え、お月さまもお喜びにござります」

宮司の指図で、本殿の扉が左右に開放されていった。

月明かりが徐々に長く伸び、本殿の奥へ射しこんでくる。

扉がすべて開放されたとき、誰もが息を呑んだ。

月光に照らされた正面の壁に、極彩色の天女が浮かびあがっている。

長い衣を靡《なび》かせ、天空へ昇っていくところのようだった。

壁の脇には、無精髭《ぶしょうひげ》を生やした長八が佇んでいる。

「おまえさん」

おつねは、眸子を潤《うる》ませた。

壁に描かれた美しい天女がおつねであることは、もはや、誰の目にもあきらかだ。

今の長八に、白虎は描けなかった。

おそらく、頭に浮かんでくるものしか描けなかったにちがいない。

「八幡さまが、きっと粋なはからいをしてくれたのさ」

おまつが耳許に囁いてきた。

師匠の初代長八は苦笑しているだろうが、白虎はまたの機会に譲ってもよかろう。

「おつね」

長八は、声をかぎりに叫んだ。

「おれは、おめえなしじゃ生きていけねえ」

「おまえさん」

おつねは、だっと駆けだした。

なりふりかまわず、長八の胸に飛びこんでいく。

誰もが、泣きながら笑っていた。

「月見の晩に良いものをみさせてもらったぜ」

強突張《ごうつくば》りの弥兵衛までが、洟水《はなみず》を啜《すす》りあげている。
この夜の出来事は、後々までの語り草になることだろう。
気づいてみると、三左衛門はおまつの手をしっかりと握っていた。

女薬師《おんなくすし》

一

長月《ながつき》（九月）朔日《ついたち》、夕刻。

にわかに信じがたい光景をみた。

西の空が茜色《あかねいろ》に染まったころ、大勢の人の行きから両国広小路《りようごくひろこうじ》に一頭の暴れ馬が躍りこんできた。

眸子《まなこ》を剝《む》いて口から泡を吹き、あきらかに尋常な様子ではない。

土煙が濛々《もうもう》と舞い、蜘蛛《くも》の子を散らすように人が散っていった。

毛並みも艶《つや》やかな黒鹿毛《くろかげ》だった。

農耕馬《のうこうば》ではない。

轡《くつわ》を嵌《は》め、鞍《くら》も乗せている。後ろ足を蹴りあげて主人を振りおとし、一目散《いちもくさん》に駆けてきたにちがいなかった。

信じがたいというのは、ここからさきの出来事だ。

「うわああ」

逃げまどう人々のなかにあって、ひとりの美しい娘が黒鹿毛の面前に飛びだした。

「あ、危ない」

叫ぶ余裕も与えず、娘は一瞬にして馬の興奮を鎮めてしまったのだ。

「どう、どう」

娘は平気な顔で、馬をなだめていた。

年の頃なら十五か六、いや、もっと上かもしれない。

馬は大きな眸子を潤ませ、娘の指図にしたがった。

そこへ。

御厩方《おうまやかた》の役人が、血相を変えて駆けつけてきた。

娘に礼も言わず、暴れ馬の手綱《たづな》を曳いていく。

「阿呆《あほう》なお侍が悪ふざけで、馬の尻に矢を射掛けたらしい」

見物人のひとりが言った。

なるほど、遠ざかる馬の尻には折れた矢が刺さっていた。

死物狂いで、初音《はつね》ノ馬場《ばば》から逃走をはかったのだ。

「哀れな」

役人と馬が去ると、広小路に賑わいが戻った。

大道芸人は客を集めて得意な芸を披露《ひろう》し、見世物小屋では嘴《くちばし》の曲がった人寄せ鳥が啼《な》きはじめた。節《せち》の物売りが声を張り、講釈師《こうしやくし》の口上や見物人の笑い声が遠くのほうから聞こえてくる。

いつもの光景だった。

人々は何事もなかったように振るまっていた。

三左衛門には、それが不思議でたまらなかった。

気づいてみれば、美しい娘は煙のように消えていた。

何人もの野次馬が信じがたい光景を目にしたはずなのに、誰ひとりはなしのタネにする者もいない。

「愁《うれ》いを滲《にじ》ませた横顔だったな」

それから数日経っても、三左衛門は娘の顔を忘れることができなかった。

二

おまつに「むさ苦しいから月代《さかやき》を剃《そ》ってきたら」と言われ、表通りの海老床《えびどこ》へやってきた。

海老床と湯屋の二階は年寄りたちの集まるところ、五十に近い三左衛門が顔を出しても小僧っ子あつかいされる。それが嫌であまり近づかないことにしていたが、足を踏みいれてみると存外に居心地良い。

気さくな髪結《かみゆ》いの親爺《おやじ》は月代を絶妙な力加減で掻いてくれるし、老人たちのはなしは盆栽《ぼんさい》の育て方から御政道にいたるまで多岐にわたり、聞いていて飽きるということがなかった。

「もうすぐ、重陽《ちようよう》の節句《せっく》ですなあ」

年寄りのひとりが煙管《きせる》を燻《くゆ》らし、誰にともなく語りかける。

「重陽と申せば、つい先だって、おきくという女薬師が家に訪ねてまいりましてな、不老長寿の妙薬をひと匙《さじ》十文で売るという。騙《かた》りにちがいないと合点いたしましたが、十文なら安いものだとはなしに乗ってやった。すると、女薬師は白い粉の詰まった千木箱《ちぎばこ》を取りだし、ぜんぶで四百匙ぶんあるから一両寄こせと申します。一両払ったら何かよいことでもあるのかと聞いたら、あと二両払ってくれれば床のうえで昇天させてあげると、やけに色っぽい流し目を送ってきたのですよ」

「それはそれは、ぬきょきょ」

別の年寄りが、入れ歯を鳴らして笑う。

「不老長寿の薬を呑ませておいて昇天させるとは、その女薬師、なかなか洒落《しゃれ》が利いておる」

「でござりましょう」

「そのさきをおはなしくだされ」

「さすがに、三両の騙《だま》され料は高い。しかも、提灯《ちょうちん》で餅《もち》をつくこの身ゆえ、床で昇天なんぞ夢のまた夢。金を払うかわりに、門前払いにしてやりましたわい」

「それは惜しいことを」

どこまでが真実かもわからぬ逸話《いつわ》を髪結いの親爺はにこやかに聞き、出しゃばらずに絶妙な合いの手を入れたりする。

三左衛門はしきりに感心しながら、海老床をあとにした。

蒼剃《あおぞ》りの月代を撫でながら鎧《よろい》の渡《わた》しに向かい、小舟に乗って日本橋川を下る。

背には千代田城《ちよだじょう》が聳《そび》え、高い秋空には鰯雲《いわしぐも》が浮かんでいた。

重陽の前後は寒暖の境目とも言われ、袷《あわせ》では寒いと感じるときもあったが、頬を撫でる川風は心地良い。

小舟は大川を横切り、万年橋《まんねんばし》の河口から小名木川《おなぎがわ》へ舳《へさき》を突っこむ。

深川をのんびり東へ進み、たどりついたさきは猿江町《さるえちょう》、川端に植わった五本松のそばに白粉屋《おしろいや》の隠居屋敷があった。

天涯孤独の隠居は伊勢屋民右衛門《いせやたみえもん》といい、行商から身を起こして一代で日本橋三丁目に大店《おおだな》を築いた人物だった。三年前、古希《こき》の祝いを機に隠居を決め、白鷺《しらさぎ》印《じるし》の暖簾をあっさり番頭に譲り、今は悠々自適《ゆうゆうじてき》の隠居暮らしをつづけている。

その隠居屋敷へおもむき、世間話でもしてきてほしいと、おまつに頼まれた。海老床で月代を剃ったのも、損料屋《そんりょうや》から見栄えのする黒羽織を借りてきたのも、ご隠居に失礼がないようにとの配慮からだ。おまつによれば「ご隠居は、だらしないのがお嫌いなんだ」ということらしいが、なぜ、話し相手をしなければならないのか、肝心な点は告げられていない。

広大な屋敷を訪ねると、梅干し婆に出迎えられた。

「通いの賄《まかな》い婆でごぜえやす」

聞いてもいないのに「せき」と名乗り、長い廊下を先導していく。

「大旦那さまがお待ちかねで」

隠居の民右衛門は、縁側にぽつんと座っていた。

背中の丸まった小柄な老人で、唯一の趣味は盆栽と花づくりらしく、広い庭には細長い棚が何台も並び、松の盆栽や菊の鉢植えなどが所狭しと置かれていた。

「よくぞ、おいでくださりましたな」

民右衛門はにっこり笑い、三左衛門を近くに座らせる。

板間にはあらかじめ、硯《すずり》と筆と紙が用意されてあった。

「まずは、これをご覧いただきたい」

民右衛門は板間に両膝をつき、細長い紙に対峙《たいじ》する。

おもむろに筆を取り、墨に浸すや、一気呵成《いっきかせい》に川柳を書きあげた。

「人知れず死して朽《く》ち葉《ば》となりにけり。どうじゃ、おぼえておいでかな」

忘れようはずもない。三年前、興行の投句ではじめて次席となり、摺《す》り物に載った三左衛門の自信作だ。

投句は前句付《まえくづ》けとも呼び、点者が七・七形式で詠《えい》じた狂歌の前句に五・七・五の付句を詠《よ》みあわせて競う。優秀な付句は一句立《いっくだて》の川柳となり、絵馬《えま》や摺り物に載って人口に膾炙《かいしゃ》する。町々にある取次所で十二文の入花料《にゅうかりょう》を払えば誰でも手軽に参加でき、入選すれば高価な木綿《もめん》などを頂戴《ちょうだい》できるとあって、市井《しせい》でも人気は高い。

「のがれたくとものがれがたきは、という前句に、人の生と題して詠まれましたな」

「いかにも」

「点者からも高い評価を得た句じゃった。じつは、わしも句に魅せられた者のひとりでな。それゆえ、この句を詠んだおひとにひと目だけでも会いたいと、常々願っていたのじゃよ」

「それで、わざわざ」

「さよう。伝手《つて》をたどって調べてみれば、これもまた因縁《いんねん》と言うしかなかろうが、上州屋《じょうしゅうや》さんの愛娘《まなむすめ》おまつどののご亭主であるという。さっそく、お住まいの照降長屋へ使いをやり、本日の段取りと相成った次第」

「すると、ご隠居はおまつの親父さまと懇意《こんい》になさっていたと」

「いかにも。絹糸を扱う上州屋さんとは、たまさか客筋が重なりましてな」

宴席で何度か会っているうちに意気投合《いきとうごう》し、ふたりで夜釣りにいったり、碁石《ごいし》を並べたりする仲になった。

「かれこれ、三十年近くまえのはなしじゃ。おまつさんのことも、小さいころからよく存じておりますよ。それだけに、十余年前の不幸を乗りこえて今があることを、陰ながら嬉しくおもっておりました」

十余年前の不幸とは、おまつの実家が蔵荒らしに襲われたことと、それが引き金となって双親《ふたおや》が亡くなったことを指す。

「あんなことがなければ、今ごろは上州屋さんと碁盤でも囲んでいただろうに」

しんみりしてしまったところへ、賄い婆のおせきが酒肴《しゅこう》をはこんできた。

豪華な膳には皿がいくつも並べられ、烏賊《いか》の塩辛《しおから》や蓮根《れんこん》の辛子《からし》和《あ》え、衣《きぬ》かつぎや剝《む》き蛤《はまぐり》や占地《しめじ》などの茸類《きのこるい》。めずらしいところでは、鯨《くじら》の頭の軟骨を辛子味噌《みそ》で食べるかぶら骨まで盛られている。

「おせきの料理は美味《うま》い。わざわざ押上村《おしあげむら》から通ってきてもらうのも、舌を喜ばすためじゃ」

おせき婆の家は植木農家で、妙見《みょうけん》さんで知られる法性寺《ほっしょうじ》の小高い境内《けいだい》から眼下をのぞめばすぐにわかるという。

「大きな南天桐《なんてんぎり》が目印じゃ。赤い実が熟すころは、地面から炎が立ったようにみえる。早咲きでな、近所では紅葉の先駆けとして知られておる」

その南天桐を庭に移植したいと望んだが、さすがにそれは許されなかった。南天桐の代わりに、おせき婆は金木犀《きんもくせい》をひと叢《むら》持ってきてくれたのだという。

なるほど、庭の片隅からは芳香がそこはかとなくただよってきた。

「ささ、ご一献」

注がれた燗酒《かんざけ》を呑んでみると、これがまた舌が蕩《とろ》けるほど美味《うま》い。

下り物の諸白《もろはく》にまちがいないのだが、民右衛門は野暮だとおもったのか、笑うだけで酒の名を口にしなかった。

「浅間さまは何ぞ故《ゆえ》あって、陪臣《ばいしん》のご身分を捨てられたとか」

「いったい、誰がそのようなはなしを」

「はて、どなたであったか」

忘れてしまったと、皺顔《しわがお》の老人は惚《とぼ》けてみせる。

三左衛門は、ほっと溜息を吐《つ》いた。

「おおむかしのはなしです」

「さよう。他人に蒸しかえしてほしくないご事情は、どなたにもござろう。余計なことをお聞きして申し訳ない」

「いいえ、いいんですよ」

微笑《ほほえ》み返してやると、民右衛門は「くふふ」と笑う。

「どうなされた」

「見込んだとおり、誠実なお方のようだ。それで、つい」

嬉しくなったらしい。

三左衛門は口を尖らせた。

「人は見掛けによらぬと申します。あっさり他人をお信じになるのは、災いのもとですよ」

「なるほど、そうかもしれぬ」

「それにしても、ありがたいはなしです。三年前に詠んだ句を、おぼえていていただいたとは」

「座右の銘と同じでな。この年になると、いかにして死ぬるか、そのことだけが気になって仕方ない」

「まだまだ、お元気そうにみえますけど。ほら、紙に書かれた筆跡も活き活きとしておられる」

「お世辞でも嬉しいな。されど、もうすぐ、お迎えがやってくる。人にかぎらず、この世に生を受けた生き物は、おのれの死期を悟ることができる。たとえば、群れを成す動物のなかには、みずからの死期を悟って、静かに群れから離れるものもあるという。仲間もこれを追わず、暗黙の了解のうちに死を受けいれる。それこそが荘厳《そうごん》な生の営みというべきものであろう」

民右衛門は盃を舐め、満足げにうなずく。

そこへ。

若い女がひとり訪ねてきた。

表口からではなく、勝手知ったる者のように、庭の簀戸《すど》を開けて堂々と縁側へ近づいてくる。

顔の白いほっそりしたからだつきの女で、眩《まぶ》しげな眼差しが色っぽい。

三左衛門は、はっとした。

愁いを滲ませたその顔に、みおぼえがあったからだ。

が、どこで見掛けたのか、すぐにはおもいだせない。

「ご隠居さま、また来ちゃいました」

女は三左衛門をみつけても動揺せず、軽く会釈をしただけで済ます。

気軽な調子で草履《ぞうり》を脱ぎ、民右衛門の後ろにまわって肩を揉みはじめた。

「ん、いつもすまぬな」

民右衛門は飼い猫のように白目を剝き、気持ちよさそうに喋りだす。

「この娘はおきくと申しましてな、三日にあげず訪ねてきては世話を焼いてくれるのですよ」

「ほう、ご親戚か何かで」

「いいえ、赤の他人ですよ」

赤の他人にしては、ずいぶん気安い様子だ。

胡散臭《うさんくさ》いなと察したが、顔には出さずにおいた。

民右衛門は、表情も変えずに喋りつづける。

「もちろん、ただでというわけにはいかぬ。わしも、それほど図々しい老い耄《おぼ》れではない。報酬《ほうしゅう》は薬代でしてな、千木箱のごとき曲げ物ひとつで一両もする代物《しろもの》じゃが、けっして高いとはおもわぬ。何せ、不老長寿の薬じゃからな。のほ、のほほ」

皺に埋まった老人の眸子をみつめ、三左衛門はことばを呑みこんだ。

千木箱ひとつで一両もする不老長寿の薬。

海老床で耳にした噂と同じではないか。

噂の女薬師も「おきく」という名だった。

まちがいない。

三左衛門が睨《にら》んでも、女は素知らぬ顔で民右衛門の肩を揉みつづけている。

揉まれて白目を剝く老人も、何やら楽しそうだ。

「おきく、おぬしの好きな花は何であったかな」

「紫の花にござります」

「ほう、黄金色《こがねいろ》の菊《きく》ではないのか」

「菊は嫌いにござります」

「自分の名ではないか」

「この名も、あまり好きではありません」

「さようか。ならば、紫の花にすればよい。紫苑《しおん》はどうじゃ。可憐な花じゃが、野分《のわけ》にさらされても倒れぬ強靭《きょうじん》さを秘めておる」

「紫苑、よい名ですね」

騙りの女薬師にとって、淋しい独り暮らしの楽隠居ほどのカモはいない。

女の正体を告げるべきかどうか、三左衛門は迷った。

なにしろ、民右衛門の皺顔は、極楽の風呂にでも浸かっているような幸せに満ちている。

「浅間さま、よろしければ、また遊びにおいでくだされ」

告げようか告げまいか、三左衛門はしばらく悩みつづけた。

そして、会話も乏しくなったころ、民右衛門にやんわりと送りだされた。

三

後ろめたい気持ちを引きずり、家路をたどりかけたものの、せっかく猿江まで来たので、近くの羅漢寺《らかんじ》にでも寄っていこうとおもった。

亀戸《かめいど》の羅漢寺は本殿と東西羅漢堂と三匝堂《さんそうどう》からなる大伽藍《だいがらん》で、田圃《たんぼ》のまんなかに超然と聳《そび》えている。五百有余の羅漢像は本殿内、さらには本殿と回廊で繫がる東西の羅漢堂内に安置され、参詣人《さんけいにん》が順路に従って進めばすべての羅漢像を参拝できる仕掛けになっていた。

見応えのある羅漢像もさることながら、三左衛門の目的は三層の三匝堂に登ることにある。三匝堂は螺旋《らせん》の構造から『栄螺堂《さざえどう》』とも呼ばれ、西国《さいごく》や坂東《ばんどう》や秩父《ちちぶ》など百ヶ寺の観音を祀《まつ》ってあることから『百観音』とも称されていた。

上りと下りでけっして交差することのない螺旋階段を登りつめると、さほど広くもない見晴台へたどりつき、筑波山《つくばさん》も富士山《ふじさん》も手で摑めるほどくっきりとみえた。

意外にも、参詣客はひとりもいない。

「絶景かな、絶景かな」

三左衛門は額に手を翳《かざ》し、芝居じみた台詞《せりふ》を吐いた。

唐土《もろこし》には重陽の日、友と高楼に登って菊酒を酌《く》みかわす習俗がある。高いところに登りたくなったのは、長寿延命を願う登高《とうこう》の故事を知っていたからだ。

「うふふ」

何者かの気配が迫り、背中をぐっと押された。

「おわっ」

見晴台の窓から半身を乗りだし、すんでのところで踏みとどまる。

「おのれ」

腰の脇差に手を掛け、首を捻った。

妖しげな女がひとり、いたずらっぽく微笑んでいる。

「うふふ、旦那は隙だらけ」

「おぬし、おきくか」

「さきほどはどうも」

「なぜ、ここにおる」

「旦那を尾《つ》けたんですよ」

おきくは薄紅色の袖で口を覆《おお》い、ふくみ笑いをした。

あやかしのたぐいであろうか。

何やら、狐に化かされている気分だ。

「尾けた理由をお教えしましょうか。それはね、旦那のお疑いを解きたかったからですよ」

「疑い」

「おとぼけになりなさんな。旦那は、わたしを騙りだとお考えなのでしょう。ほら、お顔の色が変わった。殿方の胸の裡《うち》など、手に取るようにわかるんですよ」

とらえどころのない女だが、愁いのある表情に惹《ひ》きつけられた。

よこしまな気持ちを悟られまいと、三左衛門は空咳をひとつ放った。

「海老床で噂になっておったぞ。不老長寿の薬を売る女薬師のことがな」

「信じておられないのですね。不老長寿とは夢のことなんです。わたしは、お年寄りたちに夢を売っているんですよ」

「笑止な」

「お笑いなされませ。伊勢屋のご隠居のお淋しいお気持ち、旦那にはおわかりになりますまい」

「淋しい気持ちにつけこんで、色となぐさめを押し売りし、仕舞いには身ぐるみ剝がそうって魂胆《こんたん》だろう」

「ずいぶんな物言いですね」

「何をどう言い訳したところで、騙りのことばなど信用できぬ。わしを手玉に取ろうとしても無駄だぞ」

おきくはきゅっと唇《くち》もとを結び、意を決したように吐きすてる。

「わたし、駆落者《かけおちもの》なんです」

「え」

唐突《とうとつ》な告白に、返すことばもみつけられない。

聞いてもいないのに、おきくは素姓を喋りだす。

「生国は浜街道《はまかいどう》沿いにある陸奥《むつ》の中村《なかむら》です。双親は相馬家《そうまけ》の御城下で酒問屋を営んでおりました」

おかいこぐるみで育ったお嬢さまだったが、みてくれの良い手代と懇《ねんご》ろになり、手に手を取りあって家を飛びだした。

「それが十五の春でした。親を捨て、故郷も捨て、江戸に居を定めて以来、七年が経ってしまいました」

「いっしょに逃げた手代はどうした」

「よくぞ聞いてくださりました。ふたりでどうにか江戸へたどりつき、半年はいっしょに長屋暮らしをしたのでございます。あのひと、青菜の振売《ふりう》りをやって日銭を稼いでおりました」

ところがあるとき、大八車にはねられ、男は右脚を潰してしまった。振売りで稼ぐことができなくなり、おきくは女中奉公しなければならなくなった。

「ふたりとも生きる気力を失い、心中も考えました。しばらく経って、あのひとは正気を失い、大川へ身を投げてしまったんです」

寒い師走《しわす》の出来事で、死体すらあがらなかったという。

「わたし、何ひとつ良いことのない江戸から逃れたかった。でも、駆落者に道中手形なんぞ出してもらえません」

ただでさえ、お上は『入り鉄砲と出女』に厳しい。おきくの言うとおり、事情《わけ》ありの女が江戸府外へ逃れるのは容易なことではなかった。

「だから……だから、わたしは身を売るしかなかったんです」

本所界隈《ほんじょ》で夜鷹《よたか》のまねごとをしていたら、定斎屋《じょうさいや》の恰好をした優男《やさおとこ》に声を掛けられ、白い粉を売ってみないかと誘われた。

「それが二年前のはなし。白い粉の正体が何かはわからないけれど、淋しいお年寄りたちに夢を売っているってのは、ほんとうなんですよ」

よくできたはなしだが、どこまで信じたらよいのか、三左衛門は計りかねた。

「信じてもらわなくたっていいんです。ただ、伊勢屋のご隠居に余計なはなしだけは吹きこんでほしくないんですよ」

「それが言いたくて、わざわざ、わしを尾けたのか」

「いけませんか。伊勢屋のご隠居は死んだお爺さまにそっくりなんです。お優しいご隠居のことが、どうしても他人におもえなくて」

「そのはなし、民右衛門どのにしたのか」

「ええ、とっても喜んでくれました。わたし、ご隠居に嫌われたくないんです」

本気と嘘の区別がつかない。

三左衛門は戸惑った。

もしかしたら、騙りの術中に嵌められたのではなかろうか。

「旦那、お願いしましたよ」

「わからんな。わしは今日はじめて、民右衛門さんに会った。もう二度と会わぬかもしれぬ。そんなわしのことなど、気にする必要もなかろうに」

「いいえ。旦那はきっとまた、ご隠居とお会いになります」

「なぜ、わかる」

「だって、旦那のことをえらく気に入っておられたから。ご隠居は気難しいお方なんですよ。初対面の誰かとあんなに楽しそうにお酒を酌みかわすことなぞ、あり得ないことなんです」

「ふうん」

嬉しいというより、迷惑な気持ちのほうが強い。

「おぬし、隠居屋敷に通いはじめてどれくらいになる」

「三月《みつき》ほどになりましょうか」

「もう、そんなになるのか」

金持ちの隠居と騙りとおぼしき女薬師、ふたりの関わりを断ってやるべきだとはおもうが、出しゃばってはいけないような気もする。

「君子危うきに近寄らずだな」

三左衛門は、そっと胸につぶやいた。

四

それにしても、おきくという女、何処《どこ》かでみかけたはずなのだが、いっこうにおもいだせない。

長月九日、三左衛門は菊見の宴に招かれた。

巣鴨《すがも》の真性寺《しんしょうじ》境内で菊花の優劣を競う菊合《きくあわせ》があり、宴は門前茶屋の二階を貸切にして催されていた。

「つまらぬだろうが、そばに座っていてほしい」

伊勢屋民右衛門に頼まれ、断る理由もみつけられなかった。

夕刻からはじまった宴は、当初、ふたりで酒を酌みかわすだけの淋しいものであったが、しばらくすると、民右衛門から伊勢屋の暖簾を譲りうけた主人の庄《しょう》兵衛《べえ》が朗報《ろうほう》を携《たずさ》えてあらわれた。

「やったやった、やりました。大旦那さまの『この世の名残』が勝ち菊に選ばれましたぞ」

「ほ、そうか」

江戸六地蔵の三番札所でもある真性寺境内にて開催される菊合は、江戸一と評される染井《そめい》の花商が肝煎《きもい》りをつとめるだけあって、人々に遍《あまね》く知られ、一席の勝ち菊は番付表に大きく載るのはもちろんのこと、幕府要人の目にも触れる。しかも、豪勢な褒美《ほうび》が貰えるうえに、勝ち菊の花芽は三両余りの高値で取り引きされるので実利も得られた。

一席に選ばれるのはたいへん名誉なことであったが、当の民右衛門はたいして喜びもしない。

むしろ、まわりのほうが騒がしい。

庄兵衛が先導役となり、客筋の旦那衆を大勢招きいれた。

幇間《ほうかん》や芸者衆も呼ばれるや、宴席はにわかに活気づいた。

ひとりずつ挨拶に訪れ、民右衛門に祝いのことばを述べていく。

なかには、白粉を大量に仕入れる妓楼《ぎろう》の楼主などもおり、そうした海千山千《うみせんやません》の連中でさえ、かなりの気の使いようだった。

おざなりに受けながす民右衛門は尊大にみえ、大名家の大殿様のごとき印象すら受ける。

なぜ、偉そうにしているのか。

なにが、それほど気に食わないのか。

三左衛門は聞いてみたい衝動に駆られた。

やがて、誰もが待ちわびた客が登場した。

瓜実顔《うりざねがお》の庄兵衛が、幇間のように声を張りあげる。

「さあ、みなみなさまのお待ちかね。当代一の千両役者、菊川愛之丞《きくかわあいのじょう》の登場にございまする」

顔に白粉をほどこした女形《おやま》が、裾《すそ》に鶴《つる》の舞う紫地の着物に黄金紅葉の散る黒繻《くろしゅ》子帯《すおび》といった衣裳であらわれた。

酌芸者たちもかすんでしまうほどの艶《なま》めかしさに、客はやんやの喝采《かっさい》を送る。

上座の民右衛門も眸子を細めた。

愛之丞は女形の声色で喋りだす。

「今宵はめでたい勝ち菊の宴、馳《は》せ参じたるは曾根崎新地《そねざきしんち》で春をひさぐ小春《こはる》にございます。道行きのお相手は、言わずと知れた紙屋治兵衛《かみやじへえ》。本日は秋興行の初日、中村座《なかむらざ》にてつとめあげたるお名残狂言の演《だ》し物《もの》は、心中天網島《しんじゅうてんのあみじま》にございまする。もちろん、この顔にほどこした白粉は伊勢屋自慢の仙菊香《せんぎくこう》、長寿のお品にございまする」

口上を情感たっぷりによどみなく言いきり、愛之丞は割れんばかりの喝采を浴びる。

伊勢屋の主力商品である『美女仙菊香』は『仙菊』という愛之丞の俳号から命名された。愛之丞人気にあやかってつくられ、歌舞伎《かぶき》の台詞に使ったり、絵双紙《えぞうし》に描いたりすることで流布《るふ》していった。今では不動の人気を築いている。

一包四十八文の『仙菊香』を十包まとめ買いすれば、愛之丞直筆の名が書かれた扇子《せんす》を貰えた。

客はみな、その安価な扇子をひろげて煽《あお》る。

「仙菊香十包ねだる莫迦娘《ばかむすめ》」

三左衛門は、巷間《こうかん》で囁《ささや》かれる川柳を口走った。

衣擦《きぬず》れの音とともに、愛之丞が上座に近づいてくる。

裾をたたんで正座し、袖をひろげて畳に三つ指をついた。

「大旦那さま、お懐かしゅうございます」

「ふむ、そうじゃな」

「楽屋にお花、毎度毎度ありがとう存じます」

「何の」

「あいかわらず、他人行儀でいらっしゃる。少しはお心をひらいておくれましな」

民右衛門は女形の懇願をさらりと受けながし、芝居の台詞を朗々と発した。

「この世の名残夜も名残、死にゆく身をたとふれば、仇《あだ》しが原の道の霜《しも》、ひと足ずつに消えてゆく、夢の夢こそあはれなれ」

「おや、その義太夫節《ぎだゆうぶし》。同じ近松《ちかまつ》の心中物でも、曾根崎心中《そねざきしんじゅう》のほうですよ」

「さよう、お初徳兵衛《はつとくべえ》じゃ。享保《きょうほう》四年（一七一九）に中村座で演《や》られた初演以来、歌舞伎の舞台に掛けられた験《ため》しがない。人形浄瑠璃《にんぎょうじょうるり》の傑作じゃよ」

「それが、どうかしたのですか」

「いいや、どうもせぬ。勝ち菊の名は『この世の名残』というてな、付けた名の出所を披露したまでじゃ」

「あ、なるほど」

「菊の名なぞ、どうでもよい。追いつめられた善人はみずから死を選び、追いつめられた悪人は善人を騙して生きのびようとする。それが世のことわりかもしれぬとおもうてな、曾根崎心中の義太夫節がうっかり口を衝《つ》いて出てきたまでよ」

愛之丞は眉間《みけん》に縦皺を寄せる。

あきらかに、不快なのだ。

座はしんとしている。誰もがみな固唾《かたず》を呑みながら、ふたりの問答に聞き耳を立てていた。

「おほほほ」

女形が弾けるように笑いだす。

「ああ、可笑《おか》しい。大旦那はこの身を悪人と仰《おつしや》る。なぜでしょうね」

「その胸に聞けばいい」

「はて、おもいつかぬ」

「おもいつかぬなら、教えてやろう。そこな庄兵衛をたらしこみ、五千両もの借財をつくったであろう」

「ああ、そのことですか」

愛之丞は、かたわらで小さくなる庄兵衛をちらりとみた。

「なるほど、芳町《よしちよう》で陰間茶屋《かげまぢやや》を営む元手を借りたのはたしかです。されど、返さぬわけではない。それなりの利息を付けてお返しいたしますよ。ふん、たったの五千両じゃありませんか。伊勢屋の身代がかたむくほどの金でもあるまいし、この愛之丞との深い関わりからすればお安いものでしょう。何も、隠居なされた大御所が目くじらを立てるほどのことでもない」

「近頃、巷間で囁かれておる前句付けがあってな、教えてやろうか」

「ええ、どうぞ」

「おしろいや香は売れても火の車、落ち目役者に蔵をしゃぶられ」

ふたりの眼差しがかち合って火花を散らし、愛之丞の身に殺気が膨《ふく》らんだ。

「お待ちを、菊川さま」

うろたえた庄兵衛が膝を躙《にじ》りよせ、何とかその場はおさまった。

愛之丞はやおら立ちあがって胸を張り、太い地声で吐きすてた。

「老いて醜きは銭への執着、菊酒なんぞ啜《すす》ってねえで早くあの世へ逝《い》っちめえな」

裾をからげ、大股で去っていく。

まるで、花道を去る立役《たちやく》のようだ。

おもいがけず、芝居狂言のひと幕をみせられたようで、三左衛門は得をした気分になった。

集《つど》った者たちはしらけた顔になり、ひとりふたりと櫛《くし》の歯が欠けるようにいなくなってしまう。仕舞いには幇間と芸者衆も去り、食い散らかされた蝶足膳《ちょうあしぜん》の狭間《はざま》に、民右衛門と庄兵衛と三左衛門の三人だけが残された。

所在なげにしていると、民右衛門がみずから酌をしてくれる。

「すっかり、酒も冷めてしもうたわ」

隣に控える庄兵衛は目頭に袖を当て、女のようにしくしく泣きだす。

「……あ、あんまりにございます。愛之丞へのあの仕打ち、わたくしも満座で恥を掻かされました」

「それがどうした。庄兵衛よ、おぬしは外道《げどう》役者に足許をみられておる。あれくらいのことをしておかぬと、愛之丞はつけあがるぞ。手を切るよい機会じゃ。貸した五千両は手切れ金代わりにくれてやるがいい」

「されど、愛之丞あっての仙菊香にございます」

「それは売りだしたころのはなしじゃ。すでに十年が経ち、この江戸に仙菊香を知らぬ者はおらぬ。商品の名ではなく、肌に馴染《なじ》む品の良さで売れておるのじゃ。そこをまちがえるな。愛之丞にはこれまで、どれだけの金を使ってやったか。誰よりも苦労したおまえが、いちばんよく知っておろう」

「……さ、されど」

「未練を残すな。愛之丞は、もう仕舞いじゃ。芸の修練をないがしろにし、享楽のかぎりを尽くしてきた。その罰《ばち》が当たったのさ。腐りかけた看板に関わっておったら、伊勢屋の身代は潰される。そのことを、ようく肝《きも》に銘じておくがいい」

民右衛門は項垂《うなだ》れる庄兵衛を尻目に、床の間に顎《あご》をしゃくった。

風呂敷に包まれた箱のようなものが、隅のほうに置いてある。

「庄兵衛、解いてみよ」

「は、はい」

庄兵衛は命じられて床の間に身を寄せ、風呂敷を解いた。

「あっ……こ、これは」

「わしのへそくりじゃ。きっちり三千両ある。それを元手に見世を立てなおすのじゃ。わしの見込んだおぬしなら、できぬはずはない」

「……お、大旦那さま」

庄兵衛は畳に額《ぬか》ずき、肩を震わせて泣きだした。

ここまでの筋を描き、菊見の宴を催させたのか。

だとすれば、民右衛門ほどの戯作者《げさくしゃ》もおるまい。

三左衛門は、胸の裡で舌を巻いていた。

五

夕暮れが近づいていた。

巣鴨からの帰路は二挺《にちよう》の四《よ》つ手駕籠《でかご》を仕立て、中山道《なかせんどう》をたどって湯島へ向かう。さらに、神田川の船着場から民右衛門ひとりで舟に乗り、猿江の自邸まで帰るというので、三左衛門は昌平橋の手前で別れるつもりでいた。

ところが、鶏声《けいせい》ヶ窪《くぼ》から御数寄屋町《おすきやちよう》へ差しかかったあたりで駕籠は止まり、先棒が間の抜けた声を掛けてきた。

「旦那、前の駕籠が消えちまったよ」

「何だと」

三左衛門は垂れを捲って駕籠から転げおち、酒手《さかて》を払って走りだす。

民右衛門を乗せた駕籠は街道を逸《そ》れ、白山権現《はくさんごんげん》の山門へ向かったらしい。

急いで前方の辻を右手に曲がると、幸運にもそれらしき駕籠尻がみえた。

白山権現の門前を通りすぎ、蓮華寺坂《れんげじざか》をのぼっていく。

「待たぬか」

三左衛門は髷《まげ》を逆立て、必死に追いかけた。

駕籠は坂上に達し、四つ辻を左手に曲がる。
足はかなり速く、駕籠かきに迷いはない。
あらかじめ、行き先を聞いていたのだ。
三左衛門は前歯を剝き、坂道を上りきった。
全身に嫌な汗を掻いている。
もはや、民右衛門が凶事に巻きこまれたのはあきらかだ。
四つ辻を曲がり、立ちどまる。
いない。
「くそっ」
駕籠は消えた。
ここからさきは御屋敷町で、道は左右に入りくんでいる。
見失ったら最後、みつけだすのに難儀するだろう。
裾を端折《はしょ》り、三左衛門は走った。
辻をいくつか曲がり、漆喰《しっくい》の壁に挟まれた隘路《あいろ》を駆けぬける。
遠くから、蹄《ひづめ》の音が聞こえてきた。
音のするほうへ向かうと、丈の高い草叢《くさむら》に覆われた馬場に行きあたる。

「小石川の馬場か」
遠望しても、馬のすがたはみえない。
蹄の音も消えてしまった。
野面《のづら》の端に、四つ手駕籠が捨てられている。
「あれだ」
ほっと、安堵の溜息を吐いた。
――ごおん、ごおん。
暮れ六つ（午後六時）を報せる時の鐘が、捨て鐘を撞《つ》いている。
風に靡《なび》く草叢を踏みわけ、馬場の奥へと進んだ。
前方に殺気がわだかまっている。
こちらに背を向けた人影は三つ、駕籠かきではない。
いずれも、大刀を落差《おとしざし》にした浪人どもだ。
そのうちのひとりが、大声で脅しあげた。
「おぬし、勝ち菊を取った爺だな」
首を伸ばしてよくみると、三人の向こうに小さな人影が蹲《うずくま》っている。
民右衛門だ。

「それがどうした」

と、気丈にも応じてみせる。

「たんまり褒美を貰ったであろう。そいつをぜんぶ置いていけ」

「褒美など貰っておらぬわ。ほれ、財布のなかに何両かある。金が欲しいなら、くれてやるわい」

民右衛門が投げた財布を、浪人のひとりが拾いあげる。

辻強盗ならば、貰うものを貰ってばっさり殺《や》るのが通例なので、三左衛門は脇差の柄を摑んで身構えた。

だが、飛びだす寸前で踏みとどまる。

浪人のひとりが妙なことを口走ったのだ。

「爺、おぬし、何万両ものお宝を貯めこんでおるらしいな。お宝の隠し場所を吐いてもらおうか」

間髪《かんはつ》を容《い》れず、民右衛門は問うた。

「おぬしら、誰かに雇われたな」

「ふふ、勘の良い爺だ。でもな、強がるのもそこまでにしておけ。吐かねば、痛い目にあわせるぞ」

「いっそ、ひとおもいに斬ればいい」

「そうはいかぬ。耳を殺《そ》ぎ、鼻を殺ぎ、手足の指を一本ずつ斬り、徐々に苦しみを与えていく。それが嫌なら、素直に吐くんだな」

「くふふ」

「何が可笑しい」

「耳を殺がれるまえに、舌を嚙んでやるわい」

「あんだと、爺、舐めんなよ」

浪人のひとりが、ずらっと白刃を抜いた。

ここが勝負所と察し、三左衛門は草叢から飛びだす。

「おい、こっちだ」

「うわっ」

振りむいたひとりの首筋を手刀で打ち、苦もなく昏倒させた。

ふたり目が白刃を鞘走《さやばし》らせ、大上段から斬りかかってくる。

「やっ」

三左衛門は身を沈め、脇差の柄頭《つかがしら》で相手の鳩尾《みぞおち》を突いた。

「ぬくっ」

ふたり目も、あっさり膝を屈する。

残ったひとりが、血走った眸子を剝いた。

「何じゃ、おぬしは」

「そちらのご隠居の知りあいでね」

「出しゃばるな。わしはな、馬庭念流《まにわねんりゅう》の免許皆伝《めんきょかいでん》ぞ」

ゆったり持ちあげた左拳をからだの中心から外し、平青眼《ひらせいがん》のように構えてみせる。

独特な上段の構えは、なるほど、馬庭念流のものにほかならない。

「おもしろい」

三左衛門は月代を撫で、口端に不敵な笑みを浮かべた。

相手はどっしり腰を落とし、左右の足を八の字にひらく。

さらに、切っ先をこちらの眉間につけ、待ちの姿勢をとった。

そもそも、念流とは護身の剣法、焦《じ》れた相手を連れこんで押さえこむ。米糊付《そくいづけ》と呼ぶ引きこみ技に妙味があった。

無論、攻めこむ技もある。

岩斬りと呼ぶ一刀両断の秘技だ。

真に馬庭念流を修めた剣客ならば、心して掛からねば勝ちは得られぬ。頭蓋《とうがい》を割られる公算は大きい。

三左衛門は、構えから力量を推《お》しはかった。

「ふむ、たいしたことはなさそうだな」

つぶやいてみせると、相手は怒りをあらわにする。

「この表六玉《ひょうろくだま》め、早《はよ》う掛かってこぬか」

「後手必勝を狙っても、勝負は動かぬぞ」

「何だと」

相手は動揺を隠しきれない。

三左衛門は、たたみかけた。

「おぬしは負ける。負けは死を意味する。それでも、やるのか」

「誘いの一手か。ふん、それには乗らぬわ。こっちの心を乱し、あわよくば隙を衝く腹であろうが」

「そこまで策を弄《ろう》するまでもない。されば、まいる」

三左衛門は低く身構え、影のように迫った。

撃尺《げきしやく》の間境《まざかい》を踏みこえても、愛刀の脇差を抜かない。

浪人は抜かぬ相手に戸惑いつつも、構えた刀を大きく振りかぶった。

「ふりゃ……っ」

気合一声《きあいいっせい》、白刃が弧を描く。

必殺の岩斬り、刃が鉈落《なたお》としに落ちてきた。

「ふん」

わずかに早く、三左衛門は脇胴を擦りぬけた。

康継が一瞬の光芒《こうぼう》を放ち、すぐさま黒鞘に納まる。

「あれ」

浪人の脇腹が裂け、びゅっと血がほとばしった。

ついでに空を斬った刀の切っ先が、足の甲を削る。

「痛っ」

浪人はつんのめるように倒れこみ、痛みに耐えかねて転げまわった。

その様子を冷めた目で眺めつつ、三左衛門は低い声で漏らす。

「急所は外した。血止めさえまちがえねば、命は長らえよう」

やはり、力量の差は歴然としていたのだ。

三左衛門は屈みこみ、苦しむ浪人の襟《えり》を摑む。

「おい、誰に頼まれた。言わぬと、命を貰うぞ」

「……お、拝み屋だ」

「拝み屋」

陰陽師《おんみょうじ》であろうか。

「そやつの名は」

「……か、叶乱水《かのうらんすい》」

浪人は名を漏らし、泡を吹いて気絶する。

三左衛門は脇腹の傷をあらため、血止めを施《ほどこ》してやった。

民右衛門が満面に笑みを浮かべ、ひょこひょこ近づいてくる。

「おぬし、強いのう。人は見掛けによらぬというが、ほんとうじゃ」

「たいしたことはありませんよ」

「謙遜《けんそん》なさるのか。その偉ぶらぬ人となり、得難いおひとじゃのう」

民右衛門は眸子を細め、何度もうなずく。

三左衛門は、顔もみずに問うた。

「浪人たちをけしかけたのは、叶乱水とかいう拝み屋だそうです。心当たりはございませんか」

「ない」

きっぱりと突きはなされ、三左衛門は肩を落とす。

叶乱水なる拝み屋の狙いは、どうやら、白粉商の隠居がせっせと貯めこんだ「何万両ものお宝」らしい。

たしかに、三千両の金を右から左へ動かすことのできる民右衛門ならば、莫大《ばくだい》な隠し財産があっても不思議ではなかろう。

「何万両か」

別に「お宝」を欲しているわけではないが、三左衛門はからだの火照《ほて》りを抑えきれなかった。

六

浪人どもを差しむけた黒幕は誰なのか。

民右衛門は問いかけても、笑って応じなかった。

しかも、猿江の屋敷まで送っていこうという三左衛門の申し出も拒み、ひとり小舟に乗りこんだ。

夕闇の川面《かわも》に曳かれた水脈《みお》をみつめながら、三左衛門はもどかしさを感じた。

すっかりあたりが暗くなってから照降長屋へ戻ると、おまつが軒先に植わった菊の花に綿を乗せていた。

さらに翌日、朝露に濡れた綿を拾い、自分と娘たちの顔を入念に拭った。着せ綿《きせわた》と呼ぶこの習慣には、老いを除いて若返らせる効果があるという。

「おまえさんも拭ってみたら」

と、からかわれ、三左衛門はふてくされた面《つら》で納豆《なっとう》の味噌汁《みそしる》を呑んだ。

そして、腹ごしらえを済ませると、投句の引札を手に入れるべく、浮世小路へ足を向けた。

「人知れず死して朽ち葉となりにけり」

民右衛門に褒めてもらった川柳を端唄《はうた》の節まわしに乗せて口ずさみ、粋な甃《いしだたみ》の敷かれた小路をそぞろに歩いていく。

表通りの手前で、ふと、足を止めた。

荷馬を目にしたのだ。

その瞬間、両国広小路でみた信じがたい光景が蘇《よみがえ》った。

「あの娘」

おきくだと、確信した。

ようやく、暴れ馬を鎮めた娘と女薬師の面影が重なったのだ。

「まさか、あの娘がおきくだったとはな」

ほっと溜息を吐いたとき、道端からかぼそい声を掛けられた。

「旦那、ちょいとよろしいですか」

袖頭巾《そでずきん》の女だ。

夜鷹の出没する頃合でもない。

首をかしげてみつめると、女は頭巾を解いた。

「うふふ、こんにちは」

ぎょっとする。

「おきくか」

「はい」

「また、尾けたのか」

「いいえ、お宅をお訪ねしたら、こちらだろうと教えていただきましてね」

「おまつに会ったな」

「ええ。しっかり者のご新造《しんぞ》さんですね」

「新造ではない。古女房さ。おぬしと同じ商家の出でな、あの世に逝った双親をいつもだいじにおもっておる」

「皮肉でしょうか。わたしだって、故郷の双親をおもわぬ日はありませんよ」

しんみりした物言いから推せば、どうやら嘘ではなさそうだ。

「それで、何の用だ」

「ご隠居からお聞きしましたよ。凄腕の剣客なんですってね。しかも、これっぽっちも見返りを口になさらないとか。それこそ、お侍ですよ」

「褒め殺しにする気か」

「いいえ。旦那なら、きっと、わたしを救ってくださる。そう、おもいましてね」

「わからぬな」

いったい、何から救ってほしいのだろう。

「お救いくださるって約束していただけるんなら、つつみかくさずおはなしいたしますよ」

真剣な眼差しに魅入《みい》られ、三左衛門はうっかりうなずいてしまう。

おきくは、表情を強張《こわば》らせた。

「叶乱水っていう拝み屋を斬ってくださいな」

うっと、返答に詰まった。

民右衛門を襲った浪人の口からも、同じ名を聞いている。

「そいつは何者なんだ」

「わたしに白い粉を売らせている男ですよ」

「まことか」

騙りの元凶なのだ。

「おぬしは叶乱水に命じられて、伊勢屋のご隠居に近づいたのか」

「ええ、そうですよ」

「騙りだとみとめるんだな」

「みとめるも何も、そうにきまっているじゃありませんか」

ひらきなおったおきくを睨みつけ、三左衛門は問いを変えた。

「拝み屋を斬ったら、おぬしはどうなる」

「他人様《ひとさま》にご迷惑を掛けなくなるでしょう。まっとうな暮らしに戻るためには、あいつがどうしても邪魔なんですよ」

「莫迦な」

三左衛門は、苦い顔をする。

「たとい、そやつが悪党でも、見も知らぬ相手の命を奪えるとでもおもうのか」

「無理を承知でお願いしてるんです」

「たとい、天地がひっくり返っても、受けられぬ相談だな」

「報酬を差しあげても」

「金などいらぬわ」

「殺《や》っていただけないんですね」

「あたりまえだ」

「嘘つき」

おきくは般若《はんにゃ》の形相《ぎょうそう》で叫び、がっくり項垂れる。

たしかに、救ってやると約束したが、人斬りを易々《やすやす》と受けるわけにはいかない。

「莫迦なことをお願いしました」

おきくはぽつんと漏らし、頭巾で顔を隠す。

「ぜんぶ、お忘れくださいな」

淋しげに去りゆく背中に、三左衛門はことばを掛けた。

「待て、ひとつ聞きたいことがある」

「何です」

振りむいたおきくに向かって、三左衛門はにっこり微笑んだ。

「おぬし、馬は好きか」

「ええ、好きですよ。でも、どうして」

「以前、両国の広小路で暴れ馬を鎮めたことがあったろう」

「ござりました。可哀相《かわいそう》に、矢を射掛けられていたのです」

「正直、あのときは驚かされた。馬に蹴られて死ぬかとおもったぞ」

「うふふ。わたし、馬をみるのが好きなんです。悲しいときや淋しいとき、馬をみると心が落ちつくんです。毎月十八日の縁日には欠かさず浅草の駒形堂《こまがたどう》に詣でます。成田不動尊《なりたふどうそん》の裏手や馬喰町《ばくろちよう》にも馬場はありますが、わたしのお気に入りは築地《つきじ》の采女《うねめ》ヶ原《はら》でしてね。あそこには貸馬もあって、かならず何処かのお旗本が馬を繰っておられる。それをみるのが好きなんです。一度なんぞは、貸馬のおじさんに頼みこんで、馬の首に触れさせてもらいました。天鵞絨《ビロード》のような毛並みでしてね、あのときの感触だけは忘れられません」

馬のはなしをするおきくは、さきほどとは別人のように目をきらきらさせている。

心根は優しい娘なのかもしれないと、三左衛門はおもった。

七

浅草の花川戸町《はなかわどちょう》から吾妻橋《あずまばし》を渡り、墨堤《ぼくてい》を少し南へ戻ると、多田薬師《ただやくし》がある。その裏手、南本所番場町《みなみほんじょばんばちょう》の露地裏に、拝み屋のねぐらはあった。

柳橋《やなぎばし》で『夕月楼《ゆうづきろう》』という茶屋を営む金兵衛《きんべえ》に依頼し、ねぐらの場所をつきとめてもらったのだ。

金兵衛は投句仲間でもあり、日頃から何かと世話になっている。

機転の利く若い衆を大勢抱え、俠気《おとこぎ》のあることでも知られていた。

江戸の裏事情に精通した金兵衛にとって、叶乱水という珍奇な名の陰陽師をみつけだすのはさほど難しいことではなかった。

「ただの小悪党みたいですよ」

金兵衛は、そう言った。

後家や年寄りを騙し、偽の加持祈禱《かじきとう》をほどこしては小金を稼いでいる輩《やから》らしい。

——よろずのこと、拝みたてまつり候《そうろう》。

と、看板にはある。

いかにも、胡散臭い。

戸を開けて敷居をまたぐと、抹香臭《まっこうくさ》さに混じって何やら白粉の匂いが漂ってくる。

女がいるのか。

耳を澄ませば、熱い吐息のようなものも聞こえてきた。

間がわるかったな。

それでも、手ぶらで帰るつもりはない。

「ごめん」

太い声を発すると、薄暗い奥のほうで人影が蠢《うごめ》いた。

「どなたかな」

無理に張った男の声がする。

三左衛門は凛々《りり》しく応じた。

「浅間三左衛門と申す。ちと、拝んでほしい」

「出直していただけませぬか」

「詮無《せんな》いことを申すな。礼は弾む」

途端に、がさごそと音がしはじめる。

茶筅髷《ちゃせんまげ》のどじょう髭《ひげ》が、十徳《じっとく》を着てあらわれた。

似非《えせ》陰陽師というより、藪医者《やぶいしゃ》にみえる。

「わたしが叶乱水にござりまする」

こちらを値踏みしながら名乗るあたりが、いかにも小者らしい。

三左衛門は、にこっと微笑んでやった。

「お邪魔かな」

「いいえ。ぜんぜん」

と言った乱水の小脇を、乱れた髪の年増が擦りぬけていく。

商家の内儀風《ないぎふう》の大年増だ。

顔を隠して日和下駄《ひよりげた》を突っかけ、逃げるようにいなくなる。

「いや、はは、とんだところをおみせしてしまった」

「おぬし、拝む場所をまちがえておるのではないのか」

「何を仰る」

「年増を騙して小金を稼いでおるのだろう」

「騙してなどおらぬわ」

痛いところをつかれ、乱水はむきになった。

「わたしの本性を知っても、ああして年増どもは足繁《あししげ》く通ってくる。からだの疼《うず》きに耐えかねてな」

「似非陰陽師め。おぬし、浪人どもを雇ったな」

「何のはなしだ」

「菊合の帰り道、小石川の馬場で伊勢屋のご隠居を狙わせたであろう」

乱水は、ぱんと膝を叩いた。

「そうか、わかったぞ。あんたか、役立たずの浪人どもを赤子の手を捻るがごとく斥《しりぞ》けたのは」

「はなしは聞いているらしいな」

「あんたに脇腹を裂かれた野良犬が、治療代を寄こせと強請《ゆすり》を掛けてきた。お門違いも甚《はなは》だしいと突っぱねたら、刀を抜きかけてな、一両持たせたら黙って消えやがった。ふん、無駄金を使わせられたぜ」

拝み屋は地金をさらし、どっかり胡座《あぐら》を掻いた。

三左衛門は身を寄せ、声音を殺す。

「ご隠居を襲わせた目的は」

「きまってんだろう。隠し金さ。しこたま貯めていると聞いたかんな」

「誰に聞いた」

「誰だっていいさ」

「そうはいかぬ」

しゅっと脇差を抜き、切っ先を乱水の鼻面に突きつけた。

「うえっ」

「問いにこたえろ。さもなくば、鼻を殺《そ》ぎおとす」

「……ま、待ってくれ。そのはなしは、三座の女形に聞いたんだ」

「菊川愛之丞か」

「そうだよ。わかってんじゃねえか」

伊勢屋は愛之丞の金蔓《かねづる》だった。ところが、三年前に民右衛門が隠居したとき、関わりを断たれた。愛之丞は後ろ盾を失い、金欠になった。

「それまでの暮らしが贅沢すぎた。今さら、地味な暮らしにゃ馴染めねえ。となりゃ、おきまりのはなしさ。そこいらじゅうに借金しまくって、伊勢屋の暖簾を継いだ庄兵衛に尻拭いさせた」

「庄兵衛に」

「ああ、そうだ」

誠実だけが取り柄の番頭は、唯一の趣味が芝居見物だった。

「三座の舞台に立つ看板女形に土下座されたら、首を横には振れねえ。身代がかたむくほど金を吸いとられ、隠居した民右衛門に気づかれたのさ」

庄兵衛は暖簾を譲ってもらった手前、民右衛門の命には逆らえない。

伊勢屋から「ご祝儀」を鐚《びた》一文たりとも貰えなくなり、愛之丞は進退窮《しんたいきわ》まった。そうしむけた民右衛門を逆恨《さかうら》みし、乱水を介して雇った浪人どもに脅しを掛けさせ、何万両もあると噂される「お宝」を奪ってやろうと画策したのだ。

「稚拙《ちせつ》な企《くわだ》てだったな」

「あんたの言うとおりさ。頑固《がんこ》爺《じじい》を脅しても無駄だと言ってやったんだが、愛之丞は焦っていた。じっくり料理する余裕がなかったのさ」

乱水と愛之丞が知りあったのは半年前のことだ。櫓主《やぐらぬし》から憑《つ》き物《もの》を祓《はら》ってほしいと頼まれ、中村座へおもむいたのがきっかけだった。

乱水はそのとき、金の匂いを嗅いだという。

何度か通って気心も知れたころ、愛之丞から「大金持ちのカモがいる」と相談を持ちかけられた。

「民右衛門から奪ったお宝は、愛之丞と山分けすることになっていたんだ。あんたのせいで、浪人どもを使った仕掛けは失敗《しくじ》った。でもな、今からでも遅くはねえ」

小悪党の拝み屋は、狡賢《ずるがしこ》そうな眸子を光らせた。

「どうだい。おれと組まねえか。もちろん、女形は外すつもりだ」

「元々の雇い主ではないのか」

「どうでもいいさ。正直、愛之丞にゃ関わりたくねえんだ」

「何で」

「蛇《へび》に見込まれちまったのさ」

「蛇」

「金貸しだよ。薬研堀《やげんぼり》の清五郎《せいごろう》といってな、闇の世じゃ名の知れた悪党さ。愛之丞は何も知らず、清五郎から金を借りちまった。今じゃ、蛇に見込まれた蛙も同然さ」

清五郎ならば、愛之丞の給金のみならず、芝居興行の権利まで担保に取りかねない。いずれは身ぐるみ剝がされるだろうと、乱水は言う。

「愛之丞のやつは、伊勢屋から新たに三千両ほど引きだせる目処《めど》ができたと自慢していやがった。そいつはたぶん、法螺《ほら》だろう」

いや、法螺ではないかもしれない。

まさかとはおもうが、庄兵衛は民右衛門から譲りうけた虎の子の三千両を愛之丞に渡してしまったのかもしれなかった。

「落ち目の女形に関わってなんぞいられねえ。それに、清五郎が伊勢屋のはなしに食いついたら厄介だ。ちょいと、急がなくちゃならねえ」

「策はあるのか」

「ふふ、女形がいなくても、このはなしは進められる」

「ほう、どういうことだ」

「民右衛門の石頭は折り紙付きだ。さっきも言ったが、力ずくじゃ動かねえ。やんわりと攻め、自分からお宝の隠し場所を言わせるのさ」

「どうやって」

「へへ、手は打ってある。あんたは心配しなくていい」

「おきくか」

三左衛門は口走り、重い溜息を吐いた。

乱水は、意外な顔をする。

「あんた、おきくを知ってんのか」

「隠居屋敷でみた。あれは騙りの女薬師だ。おぬしが、不老長寿の似非薬を売らせているのであろうが」

「おきくが喋ったのか」

「喋らずともわかるわ」

「なら、余計な説明はいらねえな。おきくには生まれついての特技がある。百人の爺がいたら百人に気に入られるのさ。隠居屋敷に通いはじめて三月が経った。そろそろ、聞きてえことを聞いてもいい頃だ」

三左衛門は、暗い気持ちになった。

「おきくとは、どういう女だ」

「どういう女。ふん、ただのあばずれだよ。野良猫みてえな女さ」

「野良猫」

「本人は陸奥相馬家の城下町で生まれた商家の娘だと言っているがな、風の噂に聞いたはなしじゃ、水戸《みと》と仙台《せんだい》を結ぶ浜街道の道端で野垂れ死にしかけていたらしいぜ」

旅芸人の一座に拾われ、幼いうちから全国津々浦々《つつうらうら》を巡ってあるき、何年か経って一座が消えてなくなったのをシオに江戸へ出てきた。

「おれが出会ったときは、襤褸《ぼろ》を纏《まと》って夜鷹まがいのことをしていたのさ」

自分が救ってやったのだとでも言わんばかりに、乱水は胸を張る。

いずれにしろ、おきくはこの小悪党に命じられ、民右衛門から蓄財を奪おうとしているのだ。それと同時に、小悪党を殺したいほど憎み、今の暮らしから逃れようともがいている。

哀れな。

心の片隅に芽生えた同情が、少しずつ膨らんでいく。

「旦那、どうだい。おれと組んで、民右衛門の身ぐるみを剝がしてやろうじゃねえか、なあ」

乱水はへらついた調子で言い、上目遣いに探ってくる。

三左衛門は白刃を抜きたい衝動に駆られたが、どうにか踏みとどまった。

八

三左衛門は拝み屋の誘いに乗ったふりを装い、悪事に荷担する約束をした。

菊川愛之丞にも会わねばならぬし、薬研堀の清五郎がどの程度危ない人物なのかを見極めてもおきたかった。

翌朝は朝まだきに起き、朝靄《あさもや》の薄くかかった照降長屋から木戸の外へ出た。親父橋《おやじばし》を渡れば、芝居町の賑わいを肌で感じることができる。

魚河岸のほうから眺めて、手前左の葺屋町《ふきやちょう》には市村座《いちむらざ》、そのさきの堺町《さかいちょう》には中村座、二丁町《にちょうまち》には幕府公認の櫓が聳《そび》え、林立する色とりどりの幟《のぼり》が風にはためいていた。

木戸芸者の言立《ことだて》は丑《うし》ノ刻（午前二時）からはじまり、勘亭流《かんていりゅう》で大書された大《おお》名題《なだい》看板のもとには黒山の人だかりができている。軒提灯が無数にぶらさがる芝居茶屋では贔屓筋《ひいきすじ》の宴が催され、浮世とは別の世界がそこにあった。

木戸銭を払って桟敷《さじき》に座りたいのは山々だが、三左衛門は小屋の裏手から舞台裏へ忍びこんだ。

茶屋から角樽《つのだる》を拝借してきたので、不審がる者もいない。

愛之丞は落ち目とはいえ看板女形なので、ひとり部屋をあてがわれていた。人の出入りはちらほらあったが、隙をみつけて暖簾を振りわける。

開幕までにはまだ多少の余裕があり、愛之丞は鏡台のまえに座って首筋に白粉を塗っていた。

られた。

「差しいれなら、そのへんに置いといて」

鏡越しに言われ、そのとおりにする。

黙って立っていると「用事が終わったら、さっさと出ておいき」と声を荒らげ

「まあ、そう尖《とが》るな。ちと、はなしがしたい」

気軽な調子で申しいれると、愛之丞は鏡越しに睨みつけてくる。

「何のつもりだい。今から本番なんだよ」

「なら、手短に聞こう。おぬし、伊勢屋庄兵衛から新たに三千両を引きだそうとしておるのか」

「ふん、おめえさんは何者だい」

「誰でもいい。問いにこたえよ」

「三千両は頂戴したよ。わたしが泣いて頼んだら、庄兵衛のやつは情にほだされたみたいでね。うふふ、莫迦なやつだよ。庄兵衛は、わたしが役者だってことを忘れちまっているのさ」

民右衛門が伊勢屋を立てなおすために渡した三千両は、いとも簡単に奪われてしまったようだった。庄兵衛の莫迦さ加減に腹が立つ。

「当座に要る金だったのさ」

「薬研堀の清五郎に脅されていたのか」

「そこまでご存じなら、余計な説明は要らないだろう。恐ろしい連中さ。言うことを聞かなきゃ、簀巻《すま》きにして大川へ抛《ほう》られるんだよ」

「自業自得だな。これ以上、伊勢屋に関わりを持つのはやめろ」

愛之丞は首を捻り、きっと睨みつける。

「何を偉そうに。何で、あんたみたいな痩せ浪人に言われなくちゃならないんだい」

「小石川の馬場で、民右衛門どのを襲わせたであろう」

「ひょっとして、野良犬どもを斥けた御仁《ごじん》かい」

「ああ、そうだ」

愛之丞はこちらにからだを向け、居ずまいを正す。

すでに鬘《かつら》も付け、衣裳も纏っているので、曾根崎新地の遊女にしかみえない。

「おまえさん、お強いんだってね。それなら、わたしを地獄から救っておくれ。そうすりゃ、伊勢屋の大旦那に迷惑を掛けることもなくなるんだ」

「わしにどうしろと」

「清五郎を斬ってほしいのさ。わたしは騙されたんだよ。いくら金を返しても、利息が高すぎて追いつきやしない。あいつは蛇のようにつきまとい、一生わたしから離れない気なんだよ」

「だから、命を絶てというのか。それでは、あまりに都合が良すぎやしないか」

「悠長なことは言ってられないんだ。清五郎は大旦那のことも嗅ぎつけているんだよ。ふふ、例のお宝のこともね」

「喋ったな」

「仕方なかったのさ」

借金の返済を延ばしてもらうために「自分にとって伊勢屋の隠居は打ち出の小《こ》槌《づち》」だと告げたらしい。

「お願いだよ。詳しいはなしは、芝居がはけたあとでね。ほら、かぶりつきの席札をあげるから」

戸惑っていると、開幕間近を報せる太鼓《たいこ》の音が聞こえてくる。

三左衛門は席札を貰って、控え部屋から外へ出た。

薄暗い客席に踏みこみ、最前列のかぶりつきに進む。

若い衆に席札を渡すと、正面の特等席に案内された。

久しぶりの芝居見物なので、胸の高鳴りを抑えきれない。

このとき、不穏な空気を察していればよかったのだが、開幕前の華々しい雰囲気に呑まれて気づかなかった。

拍子木《ひようしぎ》が鳴り、定式幕《じようしきまく》がひらいた。

演目は『心中天網島』だ。

大坂天満《てんま》の紙屋治兵衛は曾根崎新地の遊女小春と深い仲、小春に身請け話が持ちあがり、いっそふたりで死のうと約束を取りかわす。侍に化けた治兵衛の兄は心中を阻《はば》むべく、遊客となって小春のもとへやってくる。

さあ、これからというときに、舞台のうえで凶事は勃《お》こった。

かぶりつきの端から、ひとりのお店者《たなもの》が立ちあがり、舞台にのっそりあがったのだ。

手には出刃包丁《でばぼうちよう》を握っていた。あまりに蒼白な顔色なので、化粧をほどこした役者のひとりかとおもったが、人相にはみおぼえがあった。

「庄兵衛か」

気づいたときには遅かった。

伊勢屋庄兵衛とおぼしき男は、しっかりした足取りで舞台中央に進み、小春を演じる愛之丞の左胸に深々と出刃包丁を突きたてたのだ。

ときが止まった。

客席は水を打ったように静まり、刺された愛之丞は呆然《ぼうぜん》となった。

「ひぇええ」

刺した張本人の庄兵衛が腰を抜かす。

と同時に、出刃包丁も引きぬかれ、真っ赤な血が噴きだした。

「うわあああ」

客席は騒然となった。

庄兵衛は座ったまま、大量の返り血を浴びている。

客たちが我先に外へ逃れるなか、やさぐれた男たちが舞台にあがり、愛之丞を介抱しはじめた。

「てめえ、死ぬんじゃやねえぞ」

かぶりつきから、肥えた五十男が吼《ほ》えている。

薬研堀の清五郎にまちがいない。

金蔓の愛之丞に死なれては困るのだ。

座りこんだ庄兵衛は、乾分《こぶん》どもから殴る蹴るの暴行を受けた。

「おい、やめろ」

みていられず、三左衛門が割ってはいる。

「……あ、愛之丞を殺《あや》めちまった」

庄兵衛が惚《ほう》けた顔でつぶやいた。

もはや、正気を失っている。

虎の子の三千両を奪われ、民右衛門に顔向けができない。悩んだすえに、こうした凶行に出るしかなかったのだ。

愛之丞は死んだ。

庄兵衛は極刑を免れまい。

伊勢屋も潰されてしまうだろう。

民右衛門の嘆きが聞こえてくるようだった。

九

秋も深まり、五穀《ごこく》の収穫もたけなわとなった。

降りやまぬ時雨《しぐれ》は山を洗い、木々の色を日ごとに色濃くさせていく。

芝《しば》の神明社《しんめいしゃ》では、秋祭りがはじまっていた。

谷中《やなか》の生姜《しようが》を売るので「生姜祭り」とも、長雨のつづく時季なので「目腐れ祭り」とも、十一日もつづくので「だらだら祭り」とも呼ばれている。土産《みやげ》に売られている千木箱は簞笥《たんす》に入れておくと衣裳が増えるという縁起物だが、おきくはこの藤の花が描かれた千木箱と同じような曲げ物に、白い粉を入れて売っていた。

雨雲のもと、三左衛門は柳橋の夕月楼に足をはこび、昼の日中から主人の金兵衛と軍鶏鍋《しやもなべ》をつっついている。

「触らぬ神に祟《たた》りなし」

金兵衛は声をひそめ、下り物の燗酒を注いでくれた。

「薬研堀の清五郎ってのは、凶悪な高利貸しですよ」

「やっぱり、そうかい」

つい先だっても、薬研堀に指無し死体が浮かんだ。

「居職《いじよく》の若い男で、半年前に十両ほど借金をして上方に逃げていたそうです」

「ふうん」

江戸に残した恋女房が忘れられず、こっそり逢いにきたところで捕まった。

そして、手足の指をぜんぶ断たれ、簀巻きにして川へ抛りなげられたという。

「ひとり残された女房は、岡場所に沈められたとか」

「ひどいはなしだな」

「みせしめですよ。借りた金を返さない不心得者はこうなるというね」

「困った連中だ」

「人の命なんざ、屁《へ》ともおもわぬ輩です」

近頃は不景気で、悪党どもにとっても、なかなかいい儲け話はない。

そこへ、鴨葱《かもねぎ》の女形が借金を申しこんできた。

「飛んで火にいる夏の虫、骨までしゃぶりつくそうと金を貸したはいいが、蓋《ふた》を開けてみれば千両役者は借金まみれの青息吐息《あおいきといき》」

そこで、清五郎は後ろ盾の伊勢屋に目をつけた。

「庄兵衛も脅されていたようです。正気を失って凶行におよんだのも、そのせいでしょう」

金兵衛の言うとおりなら、民右衛門に魔の手がおよぶ日も近い。

「ご隠居が危ないってことか」

「そういうことです。でも、気をつけてください。清五郎は腕っこきの用心棒を飼っております」

「名は潮田十蔵《うしおだじゆうぞう》。何でも、直心影流《じきしんかげりゆう》の師範《しはん》だったとか」

「ほう」

「かたじけない」

三左衛門は、やおら腰をあげた。

十

何日かぶりで、猿江の隠居屋敷を訪ねた。

雨は熄《や》んだが、凶兆《きようちよう》を感じさせる曇り空だ。

屋敷を訪ねてみると、戸締まりもなされておらず、部屋のなかは乱雑に荒らされていた。

「民右衛門どの、民右衛門どの」

声をかぎりに叫んでも家人はおらず、人の気配もない。

縁側に足をはこんだ。

鉢植えの棚がことごとく倒され、盆栽や花が鉢の欠片《かけら》とともに散らばっている。

「遅かったか」

三左衛門は、肩を落とした。

ふいに、芳香が漂ってくる。

庭の片隅に、金木犀が咲いていた。

賄い婆のおせきが携えてきた金木犀だ。

「押上か」

根拠もなく、そうおもった。

民右衛門はたぶん、おせき婆の家に逃げてくれたにちがいない。

心の隅に希望の火が灯った。

三左衛門はさっそく小舟を仕立て、川に繰りだした。

小名木川を東へ向かい、最初の交叉口《こうさぐち》を左手の北へ向かう。

猿江の材木蔵を脇に眺めて進めば竪川《たてかわ》に行きつき、そのまま突っきって十間川《じっけんがわ》を滑った。

やがて、右手に亀戸天神《かめいどてんじん》がみえてくる。

さらに、津軽《つがる》屋敷の海鼠塀《なまこべい》を過ぎ、萩寺《はぎでら》で有名な龍眼寺《りゅうがんじ》にいたった。

左手のさきに、ようやく「妙見さん」と呼ばれる法性寺がみえてくる。

桟橋に舟を寄せ、三左衛門は陸へあがった。

山門をくぐって石段を上り、小高い丘から押上村を見下ろさねばならない。

――大きな南天桐が目印じゃ。赤い実が熟すころは、地面から炎が立ったようにみえる。

と、民右衛門は言った。

息を切らして登りつめ、押上村を見下ろす。

「あった」

南天桐が、赤々と燃えていた。

まさに、炎のようだ。

三左衛門は寺から駆けくだり、南天桐をめざした。

おもったよりも遠く、途中で倒れそうになった。

それでも歯を食いしばり、めざすさきへたどりつく。

農家はひっそりとしていたが、洟垂《はなた》れ小僧が虫を捕まえていた。

「おい、坊主。この家のもんか」

「ちがわい」

「おせき婆は知っておるだろう」

「知ってらあ」

「よし、浅間三左衛門が来たと伝えてこい」

洟垂れは返事もせずに踵《きびす》を返し、鉄砲玉のように飛んでいく。

しばらくすると、おせき婆がすがたをみせた。

その背につづき、民右衛門が笑顔であらわれる。

「よう、来おったか」

「民右衛門どの、ご無事でしたか」

「このとおり、ぴんしゃんしておるわい」

「よかった。お屋敷へ伺ったときは、駄目かとおもいましたよ」

「おきくのおかげで助かった」

「え、それはまたどうして」

誘われて散策に出掛けているあいだに、悪党どもは押し入ってきた。

いつもならば、確実に屋敷でのんびりしている頃だったという。

偶然であろうか。

あらかじめ、おきくは知っていたのではあるまいかと、三左衛門は疑った。

だが、民右衛門は疑っている様子もない。

「おきくの素姓をご存じですか」

三左衛門は問うてみた。

「さあな」

民右衛門は真顔になり、眸子を潤ませる。

「ただ、おきくは古いお守りをみせてくれた」

「お守り」

「表に繋《つな》ぎ馬の刺繡《ししゅう》されたお守りじゃ。生まれは陸奥の何処かだとおもうが、はっきりとはわからない。双親の顔も知らぬという」

物心ついたときには、旅芸人の一座とともに、全国津々浦々を経巡《へめぐ》っていた。若い芸人と相惚《あいぼ》れの仲になり、手に手を取りあって江戸へ出てきたが、芸人は博《ばく》打《ち》に溺れ、おきくを岡場所に売った。

それからも、不幸な運命はつづく。

警動《けいどう》で一斉に取り締まりがあり、おきくは縄を打たれた。吉原の奴《やっこ》として扱《こ》きつかわれ、三年のただ働きを強《し》いられたのち、ようやく大門《おおもん》の外へ解きはなたれたはいいが、食うための手段はなかった。

「うらぶれて夜鷹のまねごとをしていたとき、薬売りに拾われたそうじゃ」

その薬売りが拝み屋の叶乱水であることまでは、どうやら、おきくは民右衛門に告げなかったらしい。

「双親の顔は知らねども、繋ぎ馬の古いお守りだけは肌身離さずに携えておった。おそらくは、幼い娘の無事を祈る母親に持たされたお守りじゃろう」

そもそもは口減らしのために捨てられた娘かもしれぬと、民右衛門は言いそえた。

杭《くい》に繋がれて跳ねる黒駒の描かれた『繋ぎ馬』の紋所《もんどころ》は、勇猛果敢な家系で知られる陸奥中村藩相馬家のものだ。相馬家は平将門《たいらのまさかど》の子孫とも伝えられ、伝説の黒駒は将門がときの政権に抗《あらが》って兵を勃こしたときに天から贈られた暴れ馬にほかならなかった。

良馬の産地でもある相馬には、雄壮な野馬追《のまおい》の伝統が脈々と引きつがれている。

城下町の中村には氏神《うじがみ》の相馬中村妙見があり、野馬追の総大将はこの妙見から出陣する。『繋ぎ馬』のお守りも相馬中村妙見で求めたものにちがいないと、民右衛門は悲しげに説《と》いた。

「おきくは虐《しいた》げられ、過酷な暮らしを強いられてきた。ゆえに、人を信じることができぬのだ。こちらが心を開かねば、気持ちなどは通じぬ。わしはな、おきくが何者でもかまわぬのさ。あれは、わしの孫娘も同じじゃ」

「孫娘」

「ああ、そうおもっておる」

おきくは民右衛門の気持ちにこたえ、最後の最後で裏切らなかった。

両国広小路で暴れ馬を救ったときのように、優しい気持ちを取りもどしたのだ。

おきくを救わねばならぬと、三左衛門は強くおもった。

「いったい、何処へ行ったのでしょう」

「わからぬ。わしをこの百姓家まで送りとどけ、自分は何処かに消えた。書き置きを一枚だけ残してな」

みせられた紙片には、みみずが這《は》ったような拙《つたな》い文字で『ありがとう』とだけ記されていた。

「浅間どの、おきくを捜しだしてもらえぬだろうか。わしは老い先短い身、死ぬまえにもういちどだけ、あの娘の顔がみたい。頼む、このとおりじゃ」

「頭をおあげください」

頼まれずとも、最初からそのつもりでいる。

とりあえず、おもいあたる行き先は、拝み屋のねぐらだった。

十一

本所、多田薬師裏手。

叶乱水のもとを訪ねてみると、とんでもない惨状に出会《でくわ》した。

拝み屋はからだじゅうを膾斬《なますぎ》りにされ、瀕死《ひんし》の状態だった。

「おい、しっかりせい」

抱きおこすと薄目を開け、震える唇もとをゆがめる。

「……や、やられた」

「薬研堀の清五郎にか」

「……そ、そうだ」

「清五郎の狙いは」

「……お、お宝……お、おきくが……し、知っている」

そこまで喋ると、乱水のからだから力がすうっと抜けた。

虚ろな眸子で天井をみつめ、こときれている。

三左衛門は掌で瞼《まぶた》を閉じてやり、部屋から抜けだした。

清五郎たちは、おきくが「お宝」の在処《ありか》を知っているとおもいこんでいるようだ。

いずれにしろ、連中よりもさきにみつけねばならない。

三左衛門は、おきくの物悲しげな顔をおもいだした。

紅唇《こうしん》から漏れた台詞を集め、居場所の指標を探った。

――わたし、馬をみるのが好きなんです。

忽然《こつぜん》と、そのことばが浮かぶ。

「馬か」

そうだ。

三左衛門は桟橋から小舟を使い、大川を一気に下った。

めざすは築地の采女ヶ原、馬場に行けばおきくに会えるような気がしたのだ。

佃島《つくだじま》の脇を抜け、寒《さむ》さ橋《ばし》を過ぎ、そのさきの掘割へ舳《ね》を捩じ込む。

すぐさま、右手に築地御門跡《ごもんぜき》の表門がみえてきた。

さらに、三ノ橋をくぐって鉤の手を右に曲がり、二ノ橋をくぐったところで舟寄せへ向かう。

陸にあがると、葦簀《よしず》張《ば》りの見世が並ぶ馬場の入口がみえた。

采女ヶ原だ。

蹄の音や歓声が聞こえてくる。

三左衛門は躊躇《ためら》うこともなく、貸馬の小屋へ向かった。

肋骨《あばら》の浮きでた鹿毛や栗毛《くりげ》が繋がれており、番人らしき親爺が暇そうに煙管を燻らしている。

「すまぬが、ちとものを尋ねたい。おきくという娘を知らぬか」

親爺は振りむきもせず、知らんぷりをきめこんでいる。

「ほれ」

小粒を指で弾いてやると、親爺は充血した眸子を向けた。

「おめえさんも、おきくを捜していなさるのかい」

「ほかにも誰かに聞かれたのか」

「つい、四半刻（三十分）めえにな」

強面《こわもて》の連中が大勢であらわれ、同じことを聞いていった。

「それで、何とこたえた」

「知らねえと言ってやったさ。へへ、なにせ、おきくを殺しかねねえ面《つら》してやがったかんな。あの娘、何かやらかしたのかい」

「いいや、何もしておらぬ。悪党どもの勘違いさ」

親爺は、三白眼《さんぱくがん》で睨みつけてきた。

「あんた、おきくの何なんだい」

「知りあいだ。救ってやりたい」

「その顔に嘘はなさそうだな」

親爺は、やわらかい顔になる。

「よし、教えてやろう。おきくは、さっきまでここにいた。鹿毛の首を撫でながら、泣いていやがったのさ」

「何処へ行った」

「お馬さまの御利益を頂戴する。そう言って居なくなっちまった。たぶん、麻布《あざぶ》の氷川明神《ひかわみょうじん》さ」

「麻布の氷川明神」

なぜであろうか。

首を捻りつつも、親爺の言うことを信じるよりほかになかった。

十二

麻布南部坂《なんぶざか》の中途を左に曲がったさきに、相馬屋敷がある。

おきくは、相馬家の城下町に生まれた。

少なくとも、自分ではそうおもっている。

だから、生まれ故郷を領する相馬家のそばに、幸運を拾いにいったのだろうか。

いずれにしろ、今のおきくにできることは神頼みしかなかった。

氷川明神の鳥居をくぐり、三左衛門は途方に暮れた。

境内はあまりに広く、参拝客も多すぎる。

ともかく、社務所におもむき、宮司《ぐうじ》に問うてみた。

「社殿のなかに、馬を奉じるところはござらぬか」

「残念ながら」

宮司は首をかしげた。

礼を述べ、俯いて去りかけたとき、背中を呼びとめられた。

「お待ちを。そういえば、妙蓮寺《みょうれんじ》に馬塚がございます」

「妙蓮寺とは」
「すぐそのさきにござりますよ」
親切な宮司は、紙に地図を描いてくれた。
おそらく、そこだ。
勘がはたらいた。
おきくは氷川明神に詣で、その足で馬塚に向かったにちがいない。
妙蓮寺は、軒を並べる武家屋敷のただなかにあった。
こぢんまりした寺で、山門をくぐっても参詣客はひとりもいない。
寺男の影すらみえなかったが、三左衛門は境内の奥へ進んでいった。
本堂の脇から墓石の狭間を縫うように抜け、馬塚を探しあるく。
黄金に色づいた銀杏《いちょう》の根元に、盛り土がなされていた。
女がひとり、こちらに背を向けて蹲《うずくま》っている。
おきくだ。
「おった」
三左衛門は、胸の高鳴りを抑えきれない。
よくみれば、おきくは肩を震わせている。

逃げきれずに、泣いているのか。

それとも、民右衛門に優しくされたことをおもいだしているのか。

どっちにしろ、聞けばわかることだ。

「おきく」

呼びかけると、おきくは石のように固まった。

「わしだ。浅間三左衛門」

「えっ」

驚いた声とともに振りむき、おきくは涙目でみつめてくる。

「……ど、どうして、ここが」

「捜したぞ」

「だから、どうして。あんた、乱水の誘いに乗ったんだろう。ご隠居を脅して、お宝の在処を聞きだせばいいじゃないか」

「おぬしは、その企《たくら》みから手を引いたのか」

おきくは、ふうっと溜息を吐く。

「お宝なんて、どうでもよくなったのさ」

「ほう、騙りらしからぬことばだな」

「信じてくれなくてもいいけど、年寄りを騙すのが嫌になったんだよ」

「ご隠居に優しくされたからか」

隠居屋敷へ三月ほど通うあいだに、嘘が真実《まこと》に変わった。

三左衛門には、おきくの気持ちが手に取るようにわかる。

「おぬしは、心からの悪党ではない」

「ふん、何でそんなことがわかるのさ」

「馬好きな者に、悪党はおらぬからだ」

おきくは褒められて、対応に困ってしまう。

「それで、あたしに何の用だい」

「まずは、誤解を解こう。わしは、乱水のはなしに乗ったふりをした。裏の事情を探るためにな」

「それを信じろと」

「ああ、そうだ。おぬしを迎えにきたのは、ご隠居に頼まれたからだ。首に鎖を付けてでも、孫娘を連れ戻してほしいと頼まれた」

「孫娘」

「ああ、ご隠居はそう言った」

「まさか」

「信じられぬなら、本人に聞いてみたらどうだ」

手を差しのべると、おきくは抗わずに立ちあがった。

だが、その顔は、すぐに強張ってしまう。

異様な殺気を感じ、三左衛門は振りむいた。

墓石の向こうに、人影がちらついている。

しかも、ひとりやふたりではない。

十人は優に超えていた。

強面の連中が、迫ってくる。

後方から、肥えた男が顔をみせた。

清五郎だ。

「薬研堀の猪豚《いのぶた》め」

「野良犬めが。てめえは何者だ」

「ただの浪人さ」

「さては、民右衛門のお宝を狙う輩だな。そうはさせねえぜ。命が惜しかったら、おきくをこっちに渡せ」

三左衛門は、せせら笑う。

「おきくは何も知らぬ。無駄足だったな」

「うるせえ。知ってるかどうかは、責めて吐かせりゃわかるこった」

清五郎は、太鼓腹を揺すって激昂《げっこう》する。

「退《の》きやがれ」

「そうはいかぬ」

「てめえ、死にてえのか」

「それは、こっちの台詞だ」

「粋がるんじゃねえ。よし、野郎ども、殺《や》っちまえ」

「おう」

強面の連中が、一斉に刃物を抜いた。

墓石の狭間から、泳ぐように迫ってくる。

「そりゃ」

ひとり目が突きかかってきた。

三左衛門は躱《かわ》しもせず、脇差を抜きはなつ。

愛刀の康継は妖しげな光を放ち、段平《だんびら》を強烈に弾いた。

——きいん。

火花が散る。

「ひゃあ」

手下は右の手首を押さえ、地べたに転がった。

三左衛門は勢いを止めず、別の手下も同じ右の手首を斬る。

「ぬぎゃっ」

ふたり目も悲鳴をあげ、墓石に肩をぶつけて倒れこむ。

三人目と四人目も悲鳴をあげ、泥濘《ぬかるみ》に転がった。

残った連中は及び腰になる。

三左衛門は力を抜いて身構え、清五郎に笑いかけた。

「手首の腱《けん》を断った。手当てをまちがえなければ、いずれ治る」

「こんにゃろ。舐めやがって」

清五郎は一歩踏みだし、ぎこちない仕種《しぐさ》で段平を抜いた。

「やめておけ。下手《へた》に刃物を振りまわせば、太鼓腹に刺さるぞ」

「うるせえ」

肥えた男が手下どもを押しのけ、前面に踏みだしてくる。

「その心意気やよし」

少しは骨がある男だと、おもいきや、清五郎は後ろに声を掛けた。

「先生、潮田先生、出番ですぜ」

頬の痩《こ》けた悪相の用心棒が、ゆっくり身を乗りだしてくる。

清五郎が腹を突きだした。

「ぬひゃひゃ。こちらの御仁はな、直心影流の御師範だぜ。てめえなんぞ、膾斬りにしてやるわい」

三左衛門は、潮田という用心棒に向きなおる。

「拝み屋を殺ったのは、おぬしか」

「ああ、そうだ」

にたりと、用心棒は笑った。

腕にはかなりの自信があるようだ。

「おぬし、富田流の小太刀を修《おさ》めたらしいな」

「いかにも」

「所詮《しょせん》、小太刀は小太刀よ。三尺の白刃にはかなわぬ」

「どうかな」

潮田は間合いを詰め、こきっと首を鳴らす。

「小太刀使いめ、ひとつ問うてもよいか」

「何だ」

「おぬし、伊勢屋の隠居にいくらで雇われた」

「それを聞いてどうする」

「雇い金によっては、鞍替《くらが》えしてもいい」

「ほう、後ろの豚を裏切るのか」

「ふふ、用心棒は金で動く。おぬしとて、そうであろうが」

とんだ誤解をしているようだが、利用しない手はない。

「高いぞ」

と、三左衛門は応じた。

潮田は、ぴくりと片眉を吊りあげる。

「月に五両あたりか」

「ふふ、桁《けた》がちがう」

「まさか、五十両は貰えまい」

「百両だ。しかも、清五郎やおぬしのような悪党を斬れば、ひとりにつき十両増しになる」

「そいつはまことか。嘘ではなかろうな」

「嘘を吐いても仕方あるまい」

「ぬふふ、良いはなしだ」

笑いあげる潮田に向かって、清五郎が怒鳴りつける。

「先生よ、莫迦なこと言ってねえで、早え《はえ》とこ始末をつけてくれ。ばっさり、殺っちまうんだよ」

「よし、待ってろ」

発するが早いか、潮田は大刀を鞘走らせる。

大きく右手を振るや、背後に立つ清五郎を袈裟《けさ》懸《が》けに斬りすてた。

「ぬぎゃっ」

断末魔《だんまつま》の悲鳴をあげ、清五郎はくずおれた。

手下どもは仰天《ぎょうてん》し、立ちつくしたままだ。

「ぬえい」

さらに、潮田は気合いを発し、間近に居た手下の首を刎《は》ねた。

残った手下どもは口をぽかんとあけ、宙高く飛ぶ生首の軌跡を追った。

そして、生首が墓石に跳ねて地に落ちた瞬間、ひとりのこらず逃げだしたのだ。

「ちっ、無駄な殺生をしやがって」

三左衛門は、潮田を睨みつける。

「おぬし、人の命を屁ともおもわぬのか」

「斬らねば禍根《かこん》を残す。それが面倒なだけよ」

「で、わしも斬るのか」

「あたりまえだ。おぬしを斬って後釜《あとがま》に座る」

「ご隠居は好き嫌いが激しい方でな、おぬしはまず好かれまい」

「だったら、お宝を奪ってやるまでさ。そっちで震えておる子兎《こうさぎ》が知らぬというなら、おぬしの生首を土産に差しだす。そうすりゃ、小便を漏らしながら、何だって喋るだろうよ」

三左衛門は、静かに糾《ただ》す。

「言いたいことは、それだけか」

「ああ、そうさ」

「去るなら、今のうちだぞ」

「笑止な。わしに勝つ気でおるのか」

「まあな」

「よし、始末をつけてやる。とあ……っ」

先手必勝の八相発破《はっそうはっぱ》、潮田は鋭い踏みこみから、上段の一撃を繰りだす。

三左衛門はこれを払いのけ、後方へ飛び退いた。

「逃がすか」

潮田は青眼に構え、切っ先を上下左右に揺らしながら迫ってくる。

「その構えは」

八重垣《やえがき》か。

切っ先に四角い壁をつくって圧倒し、相手を崖っぷちに追いつめる直心影流の必殺技だ。

おもったとおり、なかなかに手強い。

そう感じつつも、三左衛門は負ける気がしなかった。

気持ちの余裕は、動きにも影響を及ぼす。

鼻面に迫った突きを、三左衛門はひょいと躱した。

「なにっ」

潮田の後ろ足が、わずかに流れる。

その間隙《かんげき》を逃さず、三左衛門は愛刀を逆袈裟に薙《な》ぎあげた。

「ひぇっ」

風を巻きこみ、白刃が煌《きら》めきを放つ。

潮田の骨張った喉仏《のどぼとけ》が、ぱっくり斜めに裂けた。

——ぶしゅっ。

鮮血が噴きあげ、墓石を濡らす。

三左衛門は返り血を避け、くるっと背中を向けた。

血振りを済ませ、素早く納刀する。

冴《さ》えた鍔鳴《つばな》りが響いた。

息絶えた用心棒は、墓石に頭を叩きつける。

「莫迦め」

三左衛門は袖を靡かせ、震えるおきくのそばに身を寄せた。

「もう、平気だ」

「は、はい」

おきくは促されて立ちかけ、ぺしゃっと尻餅《しりもち》をついてしまう。

「腰が抜けたか。よし、負ぶってやろう」

背中を貸してやると、騙りを生業《なりわい》としてきたはずの女薬師は泣きながら素直にしたがった。

十三

雨雲は去った。

日没は近い。

棚や鉢植えの欠片が散乱するなか、民右衛門は縁側に座って茶を啜っていた。

三左衛門がおきくを連れて戻ると、にっこり笑って出迎える。

「よう戻ってきたな」

民右衛門が声を掛けると、おきくは我慢できずに膝をつき、号泣《ごうきゅう》しはじめた。

「何も泣くことはあるまい」

三左衛門は、おきくの代わりにこたえてやった。

「この屋敷の敷居は二度とまたげぬと、そうおもっていたのですよ」

「莫迦な。わしがいつ、そんな意地の悪いことを言うた」

「あなたに言われずとも、おきくは覚悟していたのです。いずれ、正体がばれてしまうことを」

「ふん、年寄りをみくびるではないぞ。そんなことは、最初から気づいておったわ。されどな、その娘になら騙されてもいいと、わしはそうおもったのさ。もうすぐ、わしは死ぬ。あと数ヶ月、いや、数日かもしれぬ。自分の死期は、おのずとわかるものでな。どうせ死ぬ身なら、騙されて死ぬのもよかろう。偽《いつわ》りの優しさでも、与えてくれる者があれば、それに甘えてみよう。そう、わしはおもった。されどな、三月も付きあっているうちに、別の情が湧いてきた。何やらほんとうに、心が通じる瞬間があるようにおもえてきた。それが嬉しゅうてな、おきくを手放すまいと考えるようになった」

おきくと過ごした日々は、老人にとって輝かしいものだったにちがいない。

三左衛門は、じっくりうなずく。

「ご隠居のお気持ちが通じたのでしょう。通じたことで、おきくはいっそう居たたまれなくなり、あなたのもとから去ろうとしたのです」

「その必要はない。おきくよ、このとおりじゃ。せめて、わしが死ぬまで、いっしょにいておくれ」

「ご隠居さま……」

おきくはたまらず、しゃくりあげる。

「……ご、ごめんなさい、ごめんなさい」

床に額を擦りつけ、何度も繰りかえし謝った。

三左衛門は切なくなり、庭の惨状に目を移す。

「民右衛門どの、せっかくの鉢植えが台無しですね」

「なあに、たいしたことはないさ。それに、わるいことばかりでもない」

「と、仰ると」

「ぬふふ」

民右衛門はさも嬉しそうに笑い、奥に声を掛けた。

「おせきさんや、あれを持ってきてくれぬか」

「はい、ただいま」

しばらくすると、おせき婆が見事な菊の鉢植えを抱えてきた。

「もしや、それは」

「さよう、真性寺の勝ち菊じゃ」

民右衛門は、くいっと胸を張る。

「風の噂によれば、このわしは何万両ものお宝を何処かに隠しているとか。ふふ、残念だが、わしのもとにお宝なんぞはない」

「え、そうなのですか」

「がっかりしたようじゃの」

「いいえ」

「ふふ、庄兵衛にくれてやった三千両があったろう」

「ええ」

「あれがな、蓄財のすべてじゃった。残ったのはこの古屋敷と、勝ち菊だけよ」

「そうだったのですか」

ちらりと目をやっても、おきくはさほど驚いた様子もない。

薄々察していたのかもしれないと、三左衛門はおもった。

「悪党どもは、噂に踊らされていたってことですね」

「まあ、そういうことになろうかの」

手塩に掛けて育てあげた店は消え、信頼していた庄兵衛も罪人となり、自分がこの世に生きた痕跡らしきものはなくなった。

それでも、民右衛門はさばさばした顔をしている。

「おきくよ、秋が深まると紫の花が咲き揃ってくる。ご覧、紫苑が咲き、竜胆《りんどう》も咲いておろう。ぜんぶ、おぬしが好きだと言った紫の花じゃ」

おきくは目を擦り、こっくりうなずいてみせる。

と、そのとき。

――ひひいん。

勝手口のほうから、馬の嘶《いなな》きが聞こえてきた。

おきくがびっくりして、民右衛門の顔をみる。

「お、そうだ。忘れておった。勝ち菊の褒美に、おもいがけないものを貰うたのよ」

よっこらしょっと、民右衛門は腰をあげた。

「裏の杭に繋いである。おきく、みたいか」

「は、はい」

三左衛門も、胸の高鳴りを禁じ得ない。

「まいろう」

三人は連れだって、勝手口から外へ出た。

「あっ」

艶やかな黒毛に覆われた駿馬《しゅんめ》が繋がれている。

ぶるぶるっと、挨拶代わりに胴震《どうぶる》いをしてみせた。

「きれい」

おきくは大きな瞳を輝かせた。

民右衛門は馬のそばに近づき、鼻面を優しく撫でる。

「もう、すっかり懐《なつ》いておる。聞くところによれば、相馬の産らしくてな。どうじゃ、おきく、面倒をみてくれぬか」

「え、よろしいのですか」

民右衛門は、満足げにうなずいた。

「これは、おぬしの馬じゃ」

「ほんとうに」

「名を付けてやれ」

間髪《かんはつ》を容《い》れず、おきくはこたえた。

「されば、紫苑と」

「紫苑か。ふむ、よい名じゃ」

おきくの凜《りん》とした顔が、茜色に染まっている。

遠く赤富士をめがけて、雁《かり》の渡りをのぞむことができた。

「天高く馬肥ゆる秋じゃのう。ぬはは」

民右衛門は大口を開け、豪快に笑いあげる。

たとい、短いあいだでも、おきくは孫娘の役を演じきってくれるだろう。

そうあってほしいと願いつつ、三左衛門は茜空を透かしみた。

蓮《はす》の骨

一

暦《こよみ》が霜月《しもつき》に変わると、江戸の寒さもぐっと増す。

朝は蒲団《ふとん》にくるまり、晩は火鉢《ひばち》を焚《た》かぬと耐えられぬほどで、食べる物も鍋が恋しくなる。三左衛門は久方ぶりに獣肉《けものにく》を食って精をつけようと、わざわざ中《ちゆう》食頃《じき》に平川町《ひらかわちよう》の獣肉屋《ももんじや》へ足を向けた。

首縊《くびくく》りの名所として知られる四谷《よつや》の喰違門《くいちがいもん》から紀尾井坂《きおいざか》を下り、清水谷《しみずだに》からこんどは坂を上りつめて右手に曲がる。板目に浮かんだ模様から『達磨門《だるまもん》』とも呼ばれる紀州《きしゆう》屋敷の通用門をめざし、少し下ったところで左手に曲がれば、背後の武家地とはまったくちがう猥雑な町並みがひろがっていた。

貧乏長屋もあれば、鉄砲女郎が貧乏人相手に春をひさぐ四六見世《しろくみせ》も張りついており、通りに軒を並べる食い物屋の看板には『山くじら』の文字がみえる。花札になぞらえて紅葉《もみじ》は鹿《しか》、牡丹《ぼたん》は猪《いのしし》の肉をさすのだが、霜月は牡丹鍋の季節なので客足は絶えることもない。

真っ黒な猪の毛皮が、獣肉屋の正面に飾ってあった。

それを、物欲しそうに眺める浪人者がひとりいる。

腹を空かしているのだろう。

「ん」

知っている男だ。

名は神谷又一郎《かみやまたいちろう》。

磐城平藩《いわきたいらはん》三万石の元藩士で、十年余り勘定方をつとめていたが、役目のうえで些細《ささい》な失態がつづき、上役の意向で若隠居を強要された。本人に言わせれば「尻をまくってやった」のだという。

要は、領内に居づらくなって藩も故郷も捨てたのだ。

事情は異なるが、似通った境遇ということもあり、三左衛門は親密さをおぼえた。

熊に似たずんぐりとした図体のわりには、弱音ばかり吐いていた記憶もある。

じつは、三月前まで照降長屋の住人だった。

荷運びなどの力仕事を周旋《しゅうせん》する口入屋《くちいれや》で何度か顔を合わせ、それがきっかけで親しくなったものの、照降長屋には半年足らずしかおらず、親しくなったころには居なくなっていた。

口癖は「江戸で仕官の口をみつけたい」というものだった。

侍の面目を保つには、やはり、月代《さかやき》を剃《そ》って裃《かみしも》を纏《まと》い、毎朝、何処《どこ》かの御屋敷へ通う暮らしをしなければならない。贅沢は言わぬ。病弱の妻と十四の娘を養うべく、十俵でもいいから禄米《ろくまい》を頂戴したい。そのための努力は惜しまぬと、涙ながらに訴えられたのをおぼえている。

「泣き上戸《じょうご》だったな」

おもいだして、くすっと笑う。

照降長屋から去ったのも、武家屋敷の集まる麴町《こうじまち》か番町《ばんちょう》界隈へ引っ越すためだと聞いた。

行き先も告げずに消えたので、気になっていたのだ。

三左衛門は熊のような背中に近づき、気軽な調子で声を掛けた。

「神谷さん」

「お、誰かとおもえば、浅間どのか。いや、お元気そうでなにより」

それだけ言うと、神谷はお辞儀をし、そそくさと去っていく。

「お待ちを」

「ん、何かご用か」

「よろしければ、ごいっしょにいかがです」

「え、牡丹鍋を突っつこうと言われるのか」

「いかにも。平川町へ出向いたのは一年ぶりでしてな。それにもかかわらず、神谷どのとこうして邂逅《かいこう》できた。これも何かの縁にちがいない」

「昼の日中から獣肉なんぞ食ったら、罰《ばち》が当たるまいかのう。せっかくだが、拙者は遠慮いたそう」

などと言いつつ、ぐうっと腹の虫を鳴らす。

三左衛門は笑った。

「あはは、空腹のご様子。お誘いしたのはこちらです。払いのほうは、ご懸念にはおよびませんよ」

「まことか」

うなずいてやると、ほいほい従《つ》いてくる。

ふたりは、紅葉に彩《いろど》られた暖簾を振りわけた。

奥の床几《しょうぎ》に座り、牡丹鍋と熱燗《あつかん》を注文する。

前垂れに獣の血を付けた親爺が、さっそく出汁《だし》入りの鍋をはこんできた。

つづいて、赤い肉と葱《ねぎ》を笊《ざる》にたっぷり盛ってくる。

「ぬへへ、これこれ」

神谷は鍋がぐつぐつ煮たつと、待ちかねたように箸で肉を抛《ほう》りこんだ。

「猪の肉は煮れば煮るほど、やわらかくなる。ふうむ、たまらぬ匂いだのう」

やわらかくなった肉を箸で拾い、生姜《しょうが》醤油《じょうゆ》に付けて食う。

「美味《うま》い、美味いのう」

神谷は上機嫌で牡丹肉を啖《くら》い、安酒を呷《あお》りつづけた。

たがいに呑み食いするばかりで、ろくにはなしもしない。

ようやく腹が満たされたあたりで、神谷が口をひらいた。

「浅間どの、じつは三日ぶりでな」

「何がです」

「飯さ」

「まことに」

「ああ、面目ない。もはや、金も気力も尽きかけておる」

酒を注いでやると、神谷は涙ぐんでしまう。

「浅間どのは、楊枝削《ようじけず》りと扇の絵付けをされておったな。わしは虫籠《むしかご》作りをしておったが、もう虫もおらぬ季節になった。ほかに伝手《つて》がないわけではないが、やはり、賃仕事は実入りが少ない。何としてでも仕官を果たし、一日でも早く禄米で暮らせる身分になりたいものよ」

あいかわらず、夢のようなことを言っている。

「努力しようにも、先立つものがなければ何ひとつできぬ。それが口惜しゅうてな。近頃は家内の薬代にも事欠く始末なのだ。先日などは娘に身を売ろうかと相談され、往生した」

「娘さんが、そのようなことを」

「厳しく叱ってやったが、娘もやむにやまれぬおもいから発したにちがいない。それをおもうと、申し訳ないやら、情けないやら」

まさか、そこまで逼迫《ひっぱく》しているとはおもわなかった。

「照降長屋を去ったまことの理由は店賃《たなちん》が払えなくなったからさ。今は、この近くの藁店《わらだな》に住んでおる」

「藁店」

「文字どおり、藁でつくったようなぼろ屋さ。店賃は只《ただ》も同然だが、建物は朽ちかけておる。とうてい、人の住むところではない」

「そうでしたか」

重い溜息を吐《つ》くと、いっそう重い溜息を返された。

「御政道がわるすぎる。浅間どの、そうはおもわぬか。努力したい気は山々なのに、それすら許してもらえぬ。不遇を託《かこ》って幾星霜《いくせいそう》、世の中がよくなる見込みなど毛ほどもない。いっそ、辻強盗にでもなろうかと、何度おもったことか。されど、悪党になる勇気もない。拙者は運に見放された。正直、生きているのもつらい。一家心中でもはかるよりほかに、残された道はないのかもしれぬ」

「莫迦《ばか》なことを。あまり、おもいつめないほうがよろしいですよ」

慰めが裏目に出た。

「おぬし、口惜しくはないのか。なぜ、侍だけが、これほどみじめなおもいをせねばならぬ」

神谷は激昂し、ぐい呑みの底を床几に叩きつける。

「ままあ、落ちつきなされ」

肩を摑んで座らせると、こんどは声をあげて泣きはじめた。

まったく、始末に負えない。

「浅間どの。いったい誰が、ここまで侍の生きにくい世にしたのであろうな」

「さあて」

「わからぬのか」

「ええ。日頃から、あまり面倒なことは考えぬようにしていましてね。そもそも、侍なんぞ不要な生き物かもしれませんし」

「何だと」

「まあ、聞いてください。腰に大小を提《さ》げて偉ぶっても、何ができるというわけでもないじゃないですか。米を食い尽くすだけしか能のない、穀潰《ごくつぶ》しの役立たず。言ってみりゃ、それが侍でしょう」

「おぬし、侍の矜持《きょうじ》をなくしたのか。矜持のない者は、侍とは呼べぬ」

「いっそ、侍を捨てれば楽になるかもしれませんよ」

「できるのか、おぬしに」

ぐっと返答に詰まったが、強がりを吐いてみせる。

「やろうとおもえば、できるかもしれません。なにせ、かみさんが商家の出ですから」

「なるほど、ご妻女はたしか、おまつどのであったな。気丈で情け深いおなごだった。ふむ、そこのちがいは大きいかもしれぬ」

「そこのちがいとは」

「ご存じかもしれぬが、拙者の家内は磐城領内でもよく知れた名家の出でな。蛆《うじ》がわくような貧乏長屋に住んでいても、躾作法《しつけさほう》にはうるさい。凛とした冬の花にも似て、いつなりとでも死ぬる覚悟ができているらしく、わしなんぞより何倍も潔《いさぎよ》い。男児に生まれれば、きっと立派な侍になったであろう。そんなおなごさ」

心から同情いたすと、おもわず言いかけた。

武家出身の妻女ほど、貧乏長屋にそぐわぬものもあるまい。

神谷は溜息を吐き、苦虫を嚙みつぶしたような顔で押し黙る。

三左衛門には、侍を捨てられぬ男の苦悩が痛いほどわかった。

今さら仕官する気などないが、侍の矜持を捨てることはできない。

侍を捨てると口にすれば、気が楽になるというだけのことだった。

二

ふたりは太鼓のように膨らんだ腹を抱え、獣肉屋の外へ出た。

「浅間どの、さきほどはすまなんだな。つい、酔ってつまらぬことを口走った」

「いいんですよ。言いたいことを吐けば、少しは気も晴れましょう」

「おぬしが羨ましい。どこか達観しておられるようでな。わしも、そうした心境になりたいものよ」

何となく別れづらく、ふたりして肩を並べて歩きだす。

「何か、よいはなしが転がっておらぬものかのう」

狭い露地を避け、大横町《おおよこちょう》のほうへ向かう。

行く手には、どんよりとした空がひろがっていた。

大横町から北へ行けば、半蔵門《はんぞうもん》からつづく麴町の大路だ。

町の賑わいに触れ、鬱々《うつうつ》とした気分を吹きとばしたかった。

辻向こうの表通りは麴町五丁目、山の手随一の呉服商として知られる『磐城桝《ます》屋《や》』がある。

「目の保養だ。着飾った娘たちでも拝みにまいろう」

神谷に誘われ、浮わついた心持ちで表通りまでやってきた。

ちょうど、年頃の美しい武家娘が『磐城桝屋』から出てきたところだ。

老いた従者をひとりだけ連れているのだが、主従のまわりには不穏な空気が迫っていた。

「あっ」

すぐそばに、うらぶれた浪人どもがいた。

髭面《ひげづら》の浪人が、ゆらりと娘に身を寄せる。

擦れちがいざま、浪人の鞘《さや》に娘の袖が触れた。

わざとやったのはあきらかで、娘に落ち度はない。

「待て」

髭面の浪人は恐い顔で振りむき、娘を呼びとめた。

「侍の鞘に触れて、黙って去るつもりか」

おもったとおり、大声で難癖をつけ、わざと衆目《しゅうもく》を集める。

「怪《け》しからぬ。おなごといえども容赦《ようしゃ》はせぬぞ」

通行人は、誰ひとり立ちどまろうとしない。

なにせ、暴漢は五人、関わったらどのような仕打ちを受けるかわからない。

町人たちにかぎらず、きちんとした身なりの侍たちも、みてみぬふりをして通りすぎていった。

「ぬふふ、腰抜けどもめ。誰ひとり助けようとせぬのか」

髭面はぺっと唾を吐き、娘のほうに向きなおる。

「さあ、この始末、どうつけてくれる」

詰められて萎縮《いしゅく》するやにみえた娘は、気丈にも抗《あらが》ってみせた。

「お控えなされ。端金《はしたがね》が目当てなら、相手を選ぶがよい。わたくしは家禄四千石の寄合旗本青島右膳《よりあいはたもとあおしまうぜん》の娘、それを知っての狼藉《ろうぜき》か」

「寄合旗本の娘か。それなら、なおさら都合がよい。娘を手込めにして恥を掻かせ、口止め料をたんまりせびってくれようぞ。のう、みなの衆」

「ふはは、それはいい」

取りかこむ浪人どもは、肩を揺すって嗤《わら》った。

「高貴な娘を味わって、おまけに大金を手にできれば、これほど痛快なはなしもなかろうよ」

「よし、わしに先駆けを任せろ」

浪人どもの戯《ざ》れ言《ごと》を耳にし、三左衛門は一歩踏みだした。

その肩を、神谷が後ろから摑む。

「やめておけ。浅間氏《うじ》、相手は五人ぞ」

「だから、何だ」

「酔うてもおる。勝ち目はない」

「平気さ。刀は抜かせぬ」

及び腰の神谷を物陰に残し、三左衛門は五人の背中へ近づいた。

酒の力も手伝ってか、気が大きくなっている。

「おい、おぬしら、そのくらいにしておけ」

声を張ると、五人が一斉に振りむいた。

「何じゃ、おぬしは」

ひとりが問うと、やにわに、五本の白刃が抜きはなたれる。

と同時に、娘は気を失った。

従者は蹲《うずくま》り、頭を抱えてしまう。

「だから、言わんこっちゃない」

後方の物陰から、神谷の声が聞こえてきた。

三左衛門は、口を尖らせる。

「おぬしら、刀を抜くのがちと早すぎやせぬか」

「何をごちゃごちゃ抜かしておる」

――ぬりゃ……っ。

頰の瘦《こ》けた浪人のひとりが、真正面から突きかかってきた。

ひょいと躱《かわ》し、片足を引っかける。

相手は地面に額を打ちつけ、呆気なく気を失った。

「こやつめ」

ふたり目は、上段から斬りかかってきた。

これを肩際で躱し、膝頭《ひざがしら》で股間を蹴りあげてやる。

「ぬへっ」

さらに、三人目は首筋に手刀を叩きつけ、四人目は鳩尾《みぞおち》に拳を埋めこんだ。

三左衛門は瞬きのあいだに四人を片付け、首領格の髭面に対峙《たいじ》した。

殺気が膨らむ。

「死ね」

八相《はっそう》から、袈裟懸《けさが》けがきた。

――びゅん。

刃風が頬を掠《かす》める。
三左衛門も抜いた。
一尺四寸の越前康継だ。
「はっ」
下段から払いあげ、相手の一撃を弾く。
火花を散らすほどの勢いで、康継を突きあげた。
閃光《せんこう》が顔面を走りぬけ、髭面の額が裂ける。
いや、そうみえただけだ。
実際は、元結《もっとい》がぷっつり切られていた。
「ひゃっ」
ざんばら髪が肩に落ち、髭面は顎を震わせる。
三左衛門は、康継を突きだした。
「去れ。つぎは首を貰うぞ」
怒鳴りつけると、髭面は独楽鼠《こまねずみ》のように逃げだした。
目を醒ました仲間たちも、這々《ほうほう》の体《てい》で逃げていく。
周囲に静寂が戻るなか、三左衛門は刀を納めた。

「逃げ足の速いやつらめ」

つぶやいたのは、三左衛門ではない。

いつのまにか、神谷が後ろに立っている。

なぜか、大刀の本身を翳《かざ》し、これみよがしに納刀してみせ、低声《こごえ》で囁《ささや》きかけてきた。

「浅間どの、手柄を譲ってくれ」

正気に戻った武家の娘が三左衛門ではなく、神谷のほうに向かってくる。

深々とお辞儀をし、礼を述べはじめた。

「危ういところをお助けいただき、かたじけのうござります」

「いやいや、あたりまえのことをしただけですよ」

などと、神谷は涼しい顔で応じている。

三左衛門は驚きつつも、一歩二歩と退いた。

周囲をそれとなくみまわしたが、気に留める者もいない。

娘は身を寄せ、泣きそうな顔で懇願しつづけた。

「どうか、どうか、お名をお聞かせください」

神谷は胸を張り、鷹揚《おうよう》な態度でこたえた。

「別に名乗るような者ではない。見過ごすことができなかったゆえ、余計なことをしたまででござる」

「何と、潔いお方でしょう。あなたさまは、侍の鑑《かがみ》です。是非《ぜひ》とも、お名をお聞かせくださいまし。さもなければ、父に叱られてしまいます」

「そこまで仰《おっしゃ》るなら、教えて進ぜよう」

侍の鑑はくいっと顎を突きだし、小鼻をおっぴろげる。

「奥州浪人、神谷又一郎でござる」

「神谷又一郎さま、さようですか。よろしければ、わが屋敷までお越し願えませぬか。もちろん、お手間は取らせませぬ。父にひと目でもお会いしていただきたいのです」

娘の屋敷はここから目と鼻のさき、達磨門のすぐそばらしい。

「困ったな」

神谷はわざとらしく言い、後退《あとずさ》る三左衛門をみやる。

娘はこれを目敏《めざと》くとらえ、優しげに声を掛けてきた。

「神谷さまのご友人であられますか。それならば、どうぞごいっしょに」

「いいえ、結構です。拙者はこれにて」

三左衛門は誘いを断り、後ろを向いて歩きだす。

少しは期待したが、呼びとめる者とていなかった。

地を這《は》う寒風が裾をさらっていく。

釈然《しやくぜん》としない。

――かあ、かあ。

鴉《からす》も莫迦にしたように鳴いている。

暮れ六つを告げる鐘の音が、遠くのほうで響いていた。

三左衛門はもやもやした心持ちを抱えたまま、ゆるやかな坂道を上りはじめた。

三

数日後、神谷又一郎が大身《たいしん》旗本に召しかかえられたと、風の噂に聞いた。

藁店の住人たちに祝福され、妻子ともども旗本屋敷内に引っ越したという。

奥方の薬代も助かっただろうし、娘もみじめなおもいをせずに済んだ。

妻子の喜ぶ顔をおもいうかべ、三左衛門は満足げにうなずいた。

「あれでよかったのだ」

あの日以来、神谷からは挨拶ひとつない。

それでも、たいして気にはならなかったし、神谷の思い出すらも日を追うごとに薄らいでいった。

寒々しい夕空のもと、落ち葉を焚いて焼《や》き芋《いも》を転がしている嬶《かか》ぁがいる。

三左衛門は、神田松枝町《かんだまつがえちよう》の弁慶橋《べんけいばし》までやってきた。

何とも奇妙な形状の橋だ。並んで流れるふたつの堀川をまたいで、筋交《すじか》いに架かっている。

その弁慶橋を渡った岩本町《いわもとちよう》側の川沿いに、煮売り酒屋の『吾助《ごすけ》』はあった。

時折、辛みの強い『白馬《しろうま》』という濁り酒を呑みたくなり、足を向けるのだ。

暖簾を振りわけると、かなりの客がはいっていた。

胡麻塩頭《ごましおあたま》の親爺が、仏頂面《ぶつちようづら》でちらりと目をくれる。

いっときは潰れかけた見世を、粘り強く立てなおした男だ。

看板娘もおらず、たいした肴《さかな》もない。親爺に愛想がないとくれば、客足も遠のくはずだが、意外にそうでもない。客は黒味噌《くろみそ》を舐めながら白馬を呑み、小半刻（三十分）もすれば小銭を置いて帰っていく。

三左衛門も味噌を舐め、燗をつけた白馬を呑んだ。

と、そこへ。

折助風《おりすけふう》の男がやってくる。

「旦那、ちょいとよろしいですかい」

床几の向かいに座り、燗をつけた白馬を注文する。

さっそく出てきた黒味噌をみて、ちっと舌打ちをかますところから推《お》せば、一《いち》見《げん》の客なのだろう。

「あっしは鹿三《しかぞう》といいやす。渡り中間《ちゅうげん》でしてね。へへ、お呼びがあれば大名屋敷だろうが、旗本屋敷だろうが、馳《は》せ参じるってなわけで」

「渡り中間が何の用だ」

「尖《とん》がりなさんな。青島右膳っていう御旗本はご存じですかい。家禄四千石、三河《みかわ》以来の御大身でやすよ。ご息女のゆき恵《え》さまは諏訪坂《すわざか》の寒椿《かんつばき》と噂されるほどの姫君でしてね、さきごろ輿入《こしい》れ先もほぼきまりやした。お相手は御旗奉行の小田《おだ》切亀之進《ぎりかめのしん》さまが一子亀太郎《かめたろう》さま。身分家柄も申し分なく、誰もが羨むような縁談とおもわれましたが、いざ蓋《ふた》を開けてみればそうでもない。青島家の殿様がとんでもねえ偏屈者《へんくつもの》でやしてね、結納の品に黴《かび》が生えていただの何だのと、瑣事万端《さじばんたん》にわたって文句をつけた。そんなこんなで両家の亀裂は深まるばかり、巷間《こうかん》の噂じゃ破談の公算も大きいとか」

鹿三は早口で長々と喋り、冷めた白馬を呑みほす。

三左衛門は、胡乱《うろん》な目を向けた。

「どうして、そんなはなしをする」

「旦那をみたんですよ。麴町五丁目、磐城桝屋の表口でね」

鹿三はいかにも小悪党らしく、上目遣いにこちらの反応を窺《うかが》った。

「へへ、それだけ言えばおわかりでやしょう。旦那はご友人に手柄を譲られた。申すまでもなく、そのとき旦那に助けられた武家娘が、青島家のご息女でやすよ。お父上は目のなかに入れても痛くねえほどの可愛がりようでしてね、愛娘《まなむすめ》を救ったと嘘を吐いた旦那のご友人は、まんまと青島家に召しかかえられ、二十俵の禄持ちとなった。いいんですかい、旦那はそれで」

三左衛門は眉ひとつ動かさず、空のぐい吞みを床几に置いた。

「おぬし、何が狙いだ」

「金でやすよ。口止め料をくださいな」

図々しいやつだ。

三左衛門は腹を立てるというよりも、呆れかえった。

「ふん、小悪党にくれてやる金など持ちあわせておらぬわ」

「いいんですかい、真実をばらしても。ご友人は面目を失い、とんだ恥掻き侍になりやすぜ。ひょっとしたら、切腹ってことも。へへ、それでもかまわねえってなら、金輪際《こんりんざい》、旦那のまえにゃあらわれやせんよ」

三左衛門はぐい呑みを握り、鹿三の目を睨《にら》みつける。

小悪党も目を逸らさず、じっと睨みかえしてきた。

どうやら、本気らしい。

「いくらだ」

「へへ、そうこなくっちゃ」

鹿三は相好をくずし、三左衛門のぐい呑みに白馬を注いだ。

「三十両ばかし、ご融通いただきやしょう」

ぷっと、白馬を吹く。

「莫迦な。そんな大金、あるとおもうか」

「ご友人に出させたらいかがです」

「何だと」

「給金を前借りさせるんですよ。手柄を譲った旦那の願いなら、聞かねえはずはねえでしょう」

「んなこと、できるはずがなかろう。強請《ゆす》りたいなら、なぜ、本人のところへ行かぬのだ」

「へへ、ほんとうのことを言えば、ご友人のことも、端金のこともどうだってい い。じつはね、旦那の腕を買いてえおひとがいるんでさあ」

「何だ、そういうことか」

小悪党は何者かに頼まれ、腕の立つ浪人を捜していたのだ。

「あるお侍を守っていただきてえ」

「守る」

「何しろ、敵が多いお方だとか」

「誰なんだ」

「あっしも知らねえんですよ」

守るのは、たった一度きりでいいという。

「一度きり、誰かを守る」

迷う気持ちを見透かされた。

「へへ、お断りになったら、ご友人がどうなっても知りやせんぜ」

「何だと、この野郎」

「おっと、お怒りになりなさんな。こんなにいいはなし、断る手はねえ。実入りもいいんだ。へへ、あっしが保証しやすよ」

渡り中間の保証ほど、危ういものはない。

それでも、三左衛門は拒みづらいものを感じていた。

四

鹿三のはなしを受けたのは、やはり、神谷又一郎への配慮からだった。

それに、何者かの乗る駕籠《かご》をたった一度だけ警護する役目と聞き、とりあえず足を延ばしてみようという気になったのだ。

呼ばれたのは七五三の祝いも過ぎた冬至《とうじ》の晩で、いつもの年なら、おまつのつくった小豆粥《あずきがゆ》と南瓜《かぼちゃ》の煮たのを娘たちといっしょに食べ、湯屋の柚子《ゆず》湯にゆっくりと浸かっていたはずだった。

ところが、爪先まで凍えるような寒さのなか、三左衛門は小舟に乗って大川を遡《さかのぼ》り、向島《むこうじま》の北端に位置する木母寺《もくぼじ》までやってきた。

木母寺の境内《けいだい》には、八頭芋《やつがしら》と蜆《しじみ》料理を食わせる『植半《うえはん》』がある。

守るべき要人は『植半』で宴席を済ませたあと、権門《けんもん》駕籠で帰途につくことになっていた。

桟橋から陸へあがると、鹿三が暗闇からあらわれた。

「へへ、お待ちしておりやしたぜ。おもったとおり、旦那は律儀なおひとだ」

「一度きりという約束だからな」

「わかっておりやすよ。それじゃ、これは前金ってことで」

鹿三は袖口を探り、小判を三枚も手渡そうとする。

嫌な予感がしたので、三左衛門は受けとりを拒んだ。

「役目を終えてからでいい」

「そうですかい。じゃ、あちらへ。ちょいと、会わせたい方がおられやす」

薄暗がりを進んでいくと、大柄な侍がひとり待っていた。

目付きの鋭い浪人だ。

鹿三が笑った。

「へへ、こちらは名無しの権兵衛さまでやす」

「何だと」

「どうせ、この場かぎりのつきあい。おたがい、名を知らねえほうがよろしいでしょう。こっからさきは、権兵衛さまのお指図にしたがっていただきやす。じゃ、あっしはこれで」

鹿三は言いすて、暗闇に消えてしまう。

「小悪党め」

ふんと、権兵衛は鼻を鳴らした。

「おぬし、かなりの腕前らしいな」

「え」

「鹿三は信用できぬ手合いだが、手練《てだ》れかどうかを見抜く目は持っている。おぬし、覚悟はいいな」

何の覚悟だろうか。

要人を守るのに、それほどの覚悟がいるというのか。

糾《ただ》そうとしたとき、料理屋の表口にぽっと灯りが点いた。

眸子《まなこ》を皿にして注視すると、すでに権門駕籠が待機しており、ふたりの供侍につづいて、立派な身なりの頭巾侍《ずきんざむらい》がすがたをみせる。

「あれだ」

権兵衛は空を見上げ、恨めしげに満月を睨んだ。

「明るすぎるな」

よいではないか。警護するには明るい方がいいはずだ。

不審はいっそう深まる。

「これを」

権兵衛は、黒い布を抛ってよこす。

もたついていると、叱責《しっせき》された。

「早くしろ。さきに行くぞ」

勢いに呑まれ、黒い布で顔を隠した。

表口に立つ女将《おかみ》に見送られ、権門駕籠がゆっくり動きだしたところだ。

「正面から突っこむぞ。おれにつづけ」

はなしがちがうとおもいつつ、がっちりした背中を追いかける。

「待ってくれ、おい」

駆けながら叫んでも、権兵衛は振りむかない。

背中はどんどん遠ざかり、駕籠のほうは近づいてくる。

権兵衛は風のように走り、素早く大刀を抜きはなった。

角のように突きだされた白刃が、月光に煌《きら》めいている。

「うわっ、くせもの」

供侍のひとりが抜刀した途端、袈裟懸けに斬られた。

「ぐえっ」

もうひとりは八相から袈裟懸けをこころみたが、権兵衛に脇胴を抜かれる。

断末魔《だんまつま》の悲鳴も聞こえてこない。

ふたりの供侍は瞬時に葬《ほうむ》られた。

強い。

権兵衛の力量は本物だ。

駕籠かきどもは、左右に散った。

「ひぇぇえ」

権兵衛は首を捻り、赤い目で睨みつけてくる。

「おれがふたりを殺《や》った。分け前はやらぬ。文句はあるまい」

「好きにしろ」

「的《まと》もおれが斬る。そこで見物しておれ」

権兵衛は不敵な笑みを浮かべ、狙う獲物に近づいた。

地に捨てられた駕籠の垂れが捲れ、頭巾侍がゆっくり登場する。

供侍を失ったわりには、物腰に余裕が感じられた。

権兵衛も警戒し、爪先で躙《にじ》りよっていく。

頭巾侍は駕籠の棒脇に手を伸ばし、管槍《くだやり》を取った。

「刺客どもめ、寄合旗本宮間弾之丞《みやまだんのじよう》と知っての狼藉か」

「問答無用、お命頂戴いたす。くりゃ……っ」

権兵衛は鋭く踏みこみ、二段突きにでた。

これを穂先で弾き、宮間は頭上で槍を旋回させる。

——ぶん。

風切音とともに、石突《いしづ》きが襲いかかった。

権兵衛の側頭だ。

「危ない」

おもわず、三左衛門は叫んでいた。

権兵衛は髷《まげ》を弾ませて躱し、地べたに転がる。

素早く起きあがった。

だが、容赦なく、槍の穂先が落ちてくる。

「ぐひゃっ」

見事な槍さばきだ。

権兵衛の脳天は、ふたつに裂けていた。

「莫迦め」

宮間は管槍をたばさみ、頭巾をはぐり捨てる。

「うっ」

頬に醜い刀傷があった。

笑うとその傷が、ひくひく動く。

「わしを襲うのは百年早いわ。つぎは、おぬしだ。さあ、掛かってこぬか」

無論、掛かっていく気はなかった。

逃げようとおもったが、金縛りにあったようにからだが動かない。

「ならば、こちらからまいるぞ」

宮間は権兵衛の屍骸《むくろ》をまたぎ、管槍の間尺《ましやく》に迫ってくる。

三左衛門は、ぎゅっと爪先に力を込めた。

抜かずにいることが功を奏し、相手も慎重になる。

「居合でも使うのか。それなら、力量を見定めてくれよう」

宮間は片手青眼に穂先を定め、前屈みに詰めよってきた。

三左衛門は前触れもなく、すっと身を寄せる。

懐中にもぐりこんだ。

「ふえ……っ」

鋭利な穂先が躍り、鼻面に突きかかってくる。

三左衛門は康継を抜きはなち、穂先を弾いた。

――がっ。

火花が散る。

さらに身を寄せ、槍の柄を削るように白刃を滑らせる。

狙いは、柄を握る左手の拇指《おやゆび》だ。

「猪口才《ちょこざい》な」

宮間は咄嗟《とっさ》に槍を捨て、後方へ跳ねとんだ。

そして、刀の柄に手を添える。

「脇差なんぞ使いおって。小細工は二度と通用せぬぞ」

「どうかな」

三左衛門は追うとみせかけ、くるっと踵《きびす》を返した。

「待て、逃げるのか、下郎」

息を切らし、後ろもみずに駆けつづけた。
おそらく、二度と会うこともあるまい。
鹿三め。
小悪党を信じた自分が莫迦だった。
三左衛門は白い息を吐きながら、木々の重なる暗がりに身を隠していった。

五

五日後、江戸に初雪が降った。
小悪党の鹿三は、消息を絶ったままだ。
雪曇りのもと、三左衛門は浅草の今戸橋《いまどばし》で猪牙《ちょき》を降り、日本堤《にほんづつみ》をのんびり歩いている。
土手に並ぶ編笠茶屋《あみがさぢやや》の屋根には粉雪がちらついており、何やら風情があった。
「見返り柳か」
ひとりごち、柳の角を曲がってゆるやかな衣紋坂《えもんざか》を下っていく。
三曲《みまが》りの道は五十間道《ごじっけんみち》、言わずと知れた吉原の大門《おおもん》へとつづく。
何やら、気持ちが浮きたってきた。

男なら、致し方のないことだ。

「おまえさん、妙な気を起こさないでね」

かたわらから、おまつが艶《つや》っぽい声を掛けてくる。

これが夢なら、悪夢であろう。

三左衛門はおまつといっしょに、吉原の大門をくぐった。

前にも後ろにも、嬉しそうな嬶ぁや子連れの母親が大勢いる。

大門をくぐった連中は物珍しげに四郎兵衛会所《しろべえかいしょ》を覗き、たそや行灯《あんどん》を撫でまわし、待合の辻に立って仲の町《なかちょう》から水道尻《すいどじり》を遠望するかとおもえば、左右に居並ぶ引手《ひきて》茶屋や紅柄格子《べんがらごうし》に彩られた妓楼《ぎろう》の壮麗さに舌を巻く。

「おまえさん、右手が江戸町《えどちょう》一丁目、左手が江戸町二丁目だよ。左手奥のおはぐろどぶのほうまで行けば、泣く子も黙る羅生門河岸《らしょうもんがし》があるんだってさ」

おまつは興奮気味にまくしたて、花魁《おいらん》のすがたを捜している。

もちろん、町家の女が大門の内へはいることは許されない。

ただし、霜月の酉《とり》の祭《まち》だけは、特別に大門がひらいている。

江戸の連中はよく知っているので、わざわざ浅草側から迂回《うかい》して吉原のなかを通りぬけ、西隣に接する鷲明神《おおとりみょうじん》へ向かうのだ。

今日は二の酉、田圃《たんぼ》のただなかにある明神は朝から初酉以上の賑わいをみせている。参拝の帰路をたどる女たちは袖頭巾で頭を包み、土産《みやげ》の切山椒《きりざんしょう》や芋頭《いもがしら》などを提げ、熊手《くまで》を小僧に持たせた商家の内儀《ないぎ》なども見受けられた。

はしゃぐおまつのことばを聞きながし、三左衛門は重い足を引きずる。

脳裏に浮かぶのは、宮間弾之丞の槍だった。

じつは、定町廻りの八尾半四郎に頼み、素姓を調べてもらっていた。

宮間は御家人から苦労して大身旗本まで出世した人物らしく、今は仮役《かりやく》で八王子千人同心《はちおうじせんにんどうしん》の束ねをつとめている。千人同心の束ねは槍奉行の役目でもあり、三左衛門はそれと知って疑念を抱いた。

同じ仮役を、神谷を雇った青島右膳もつとめていたからだ。

仮役に任ぜられた両者は本役を射止めるべく、陰に日向《ひなた》に熾烈《しれつ》な争いを繰りひろげているという。

となれば、宮間を襲わせた者の正体も、おのずと浮かんできた。

青島右膳か。

大身旗本の出世争いなど雲の上のはなしだが、木母寺の境内で惨劇をみているだけに無関心ではいられない。

参道には、香具師《やし》たちの売り声が響いている。

客同士の言い争いもあり、何やら騒々しい。

「あっ、神谷さま」

おまつが叫んだ。

指差すさきをみやれば、神谷又一郎が地廻りの連中に囲まれている。

神谷の背後には、青島家の娘と従者が控えていた。

おそらく、破落戸《ごろつき》どもにからまれたにちがいない。

「肩をぶつけてきたのは、そっちの娘じゃねえか。早いとこ謝れってえの」

「何を仰います。言いがかりも、ほどほどにしてください」

「何だと、この娘、図に乗るなよ」

いつぞやと同じで、浪人が破落戸に替わっただけのはなしだ。

ただ、こちらの連中のほうが喧嘩馴れしている感じだった。

「おまえさん、助けておあげよ」

おまつに背中を押され、渋々ながらも揉め事のただなかに近づいていく。

神谷はじっと動かない。

動けないだけだが、かえってそれが相手に警戒を抱かせた。

「あの者たちを懲《こ》らしめてください」

娘は命令口調でけしかけ、神谷を崖っぷちへ追いこむ。

神谷が刀を抜けば、相手も段平《だんびら》や匕首《あいくち》を抜くだろう。

破落戸は六人いる。とうてい、勝ち目はない。

三左衛門はさりげなく歩みより、親しげに声を掛けた。

「おや、神谷どのではござらぬか」

振りむいた小心者の顔に、ぱっと光が射す。

「浅間どの」

「あはは、こんなところで再会できるとは奇遇ですな。いったい、どうなされた」

これに応じたのは、破落戸のひとりだった。

「うるせえ。てめえ、邪魔するな」

「何だ、おぬしらは。まさか、こちらの御仁《ごじん》とやりあうつもりではなかろうな。こちらの神谷又一郎どのは、江戸でも五指にはいる剣客ぞ。おぬしらのごとき雑《ざ》魚《こ》が束になって掛かっても、かなう相手ではない」

「抜かせ。はったりだろうが」

「どうかな。ためしてみるか」

三左衛門は素早く身を寄せ、相手の手首を摑んで捻りあげる。

「うわっ」

破落戸は宙返りし、背中を地面に叩きつけた。

逃げ腰になるほかの連中を、三左衛門は睨《ね》めまわす。

「神谷どのはな、わしなんぞより何倍も強いぞ。わるいことは言わぬ。黙って去れ。さもなければ、素首《そっくび》を飛ばすぞ」

ぐっと身を乗りだすや、破落戸どもは背中をみせた。

青島家の姫君が、裾を抱えて近づいてくる。

「あの、神谷さまのご友人であられますか」

「え、まあそうですが」

「おかげさまで、だいじにならずにすみました。ありがとう存じます」

「いや、礼を言われるまでもありませんよ」

内心、あきれていた。

どうやら、こちらの顔をおぼえていないらしい。

神谷がすかさず、割ってはいった。

「浅間どの、すまぬ。この借りはかならず返す」

耳許に囁き、黙礼する。

三左衛門はうなずき、ことさら明るく言いはなった。

「神谷どの、拙者はさきを急ぐ。またいずれ」

言いすてて背を向け、おまつのもとへ戻りかけた。

「あれ」

いない。

焦って辺りをみまわすと、何間かさきの仮小屋から手を振っている。

「おまえさん、ちょいと来ておくれ。ほら、この熊手、きれいでしょう」

おまつの関心は、破落戸にからまれた主従ではなく、熊手に移っていた。

三左衛門は何やら、居たたまれない気分にさせられた。

六

三日経った。

雪化粧のほどこされた町は白銀に輝き、歩いていると別天地にやってきたような錯覚に陥《おちい》る。

三左衛門は弁慶橋の『吾助』で、神谷又一郎と再会した。

「この見世、おぬしに一度連れてきてもらったな」

神谷は黒味噌を舐め、美味そうに白馬を呑む。

「貴殿のおかげで、仕官がかなった。あらためて礼をするつもりでいたのだが、あの日以来、休む暇もなくてな」

「姫君のお供で忙しいのか」

「ああ、それもある。ゆき恵さまは毎朝、山王権現《さんのうごんげん》の門前へ琴を習いに通われている。琴のあとは芝居町の界隈を散策し、日本橋本町《ほんちょう》や室町《むろまち》あたりの呉服屋へ行き、夕方は裁縫や書画の習い事に通われる。姫のお守《も》りが済んだら、用人部屋で雑用が山と待っておる。寝る暇もないのさ」

「それが望んでおった暮らしか」

「まあな。それしきのことなら、いくらでも耐えられる」

神谷は白馬を舐め、深々と溜息を吐く。

小悪党の鹿三に強請られ、悩んでいるのだろうか。

三左衛門はこの見世で鹿三に声を掛けられ、とんでもない凶事に関わったはなしをしてやった。

「さようか。申し訳ない。おぬしをとんだことに巻きこんでしまったようだ」

「鹿三のことは、知っておるのだな」

「ふむ。あやつは青島家にも出入りしておる。目端の利く小悪党でな、わしのもとへも強請りを掛けにきおったわ」

「やはりな」

「鹿三も悩みのタネだが、じつは、それよりも困ったことがあってな」

神谷は白馬を呷り、ぷふうっと息を吐く。

「困ったこととは」

うっかり聞いてしまったことを、三左衛門は悔いた。

待ってましたと言わんばかりに、神谷が物欲しそうな顔をしたからだ。

「殿に人斬りを命じられた。相手は、おぬしが闇討ちを仕掛けた御仁さ」

「宮間弾之丞か」

「ああ」

予想どおり、青島右膳と宮間弾之丞はともに槍奉行の本役を狙っていた。本役ともなれば堂々と布衣《ほい》を纏い、千代田城本丸の菊之間《きくのま》南敷居外に座ることができ、何といっても二千石の役高がつく。同時に、八王子千人同心の束ねも正式に任されるので、そちらの筋からの付け届けも莫迦にならない。

ただし、本役の空席はひとつなので、どちらかが選にもれる。裁定は幕閣の評定《ひょうじょう》で決まるが、強い発言権を持つのは、筆頭老中の水野出羽守忠成《みずのでわのかみただあきら》であった。ところが、水野は偉すぎて、大身旗本といえども気易《きやす》くはなしができない。

そこで、水野の右腕と目される松平周防守康任《まつだいらすおうのかみやすとう》の機嫌を取ることが肝要とされ、両家は賄賂《わいろ》合戦を繰りひろげているという。

「ばかばかしいはなしだ」

三左衛門は吐きすてる。

神谷は皮肉な笑みを浮かべた。

「浅間どのの仰るとおりさ。しかも、宮間さまは御家人あがりだけに、なおのこと始末がわるい。うちの殿は、徳川家に忠心を尽くしてきた大身旗本の沽券《こけん》に掛けても、負けるわけにはいかぬと、息巻いておられてな」

「あげく、相手を亡き者にしようとしたのか」

だとすれば、浅慮《せんりょ》にもほどがある。

それこそ、旗本の沽券を穢《けが》すやりようではないか。

神谷は、手にしたぐい呑みをじっとみつめた。

「浅間どの。貴殿が鹿三にそそのかされてやった闇討ち、やはり、黒幕は殿以外に考えられぬ」

悪巧《わるだく》みの詰めをおこなったのは、用人頭の諸星甚内《もろぼしじんない》という男らしかった。

「みずからの手は汚さず、青島家とは関わりのない食い詰め浪人を使って良からぬ事を成しとげようとする」

唾棄《だき》すべき男だが、逆らうわけにはいかないと、神谷はこぼす。

「逆らったら、すぐさま御払い箱さ」

「いっそ、旗本の用人なんぞ、やめちまったらどうだ」

本心から言ってやったのだが、神谷は一笑に付した。

「そうはいかぬ。藁店から出られて、妻と娘がどれほど喜んだことか。どんなことがあっても、あの芥《あくた》だめだけには戻りたくない」

「命を失ってもか」

「え」

三左衛門は、宮間の槍筋をおもいだしていた。

「宮間弾之丞はな、宝蔵院流《ほうぞういんりゅう》の槍術を修めた手練《てだ》れだ。まんにひとつも、おぬしに勝ち目はないぞ」

「わかっておる。だから、こうして頭をさげにきたのさ」

「わしに人斬りをせよと」

「いいや」

いくら図々しい神谷でも、さすがにそこまでは考えていなかった。

「ならば、どうせよと」

「わしに剣術を指南してくれ」

「何だと」

「たったひとつでいい。一撃必殺の技を叩きこんでくれぬか」

血走った眸子に、狂気が宿っているやにみえた。

そうまでして、二十俵の禄米が惜しいのだろうか。

哀れな男だ。

が、願いを叶《かな》えてやることはできない。

「無理だな」

三左衛門は突っぱね、小銭を床几に置いて立ちあがった。

七

神谷は土間に降り、ひと目もはばからずに土下座《どげざ》した。

「頼む、頼む」

懇願する様子は、何かに憑《つ》かれているかのようだった。

いくら懇願されても、剣術を教えるわけにはいかない。

一朝一夕《いっちょういっせき》でおぼえられるものでもないし、教えることが神谷の命を縮めることに繋がるからだ。

だが三左衛門は突きはなしたままにしておけず、翌日、青島屋敷の長屋門《ながやもん》を訪ねてみた。

所帯持ちの用人は少なく、神谷と妻子は独り者用の手狭な部屋で暮らしている。それでも、藁店にくらべれば、住み心地に天地のひらきがあった。

応対にあらわれた妻の知世《ともよ》は、心底から嬉しそうな笑顔をみせた。

「これはこれは、浅間さま、ごぶさたしております」

「神谷どのが出世なされたと聞き、居ても立ってもいられなくなりましてね。あの、神谷どのは」

「平川天神《ひらかわてんじん》へ願掛けにまいると申しておりました」

「願掛けですか」

「何でも、お殿さま直々に御用を仰せつかったとか」

「さようですか」

まさか、御用が人斬りとはおもうまい。

三左衛門は素知らぬふりをして、知世に暇《いとま》を乞うた。

その足でさっそく、平川天神へ向かう。

達磨門前の坂を上り、獣店《けものだな》から蛤店《はまぐりだな》へ抜けていく。

左手のさきには藁店、右手を進んでまわりこめば、平川天神へたどりつく。

北の方角から鳥居をくぐると、境内は一面の雪に覆《おお》われていた。

掃き浄められた参道を外れれば、足跡が点々とつづく。

木立を抜け、裏手にまわった。

人影はひとつもない。

つるっと、足を滑らせた。

泥濘《ぬかるみ》に氷が張っているのだ。

氷のしたには、枯れ蓮が幾重にも重なっている。

ここは蓮池だったのかもしれない。
耳を澄ませば、何者かの気合いが「ふん、ふん」と聞こえてくる。
「神谷どのか」
さらに奥へ進み、三左衛門は木陰に隠れた。
神谷又一郎が、足袋《たび》を濡らして木刀を振っている。
だが、腰つきからして、まるでなっていない。
剣術の素養が、まるでないのだ。
三左衛門は木陰から離れ、後退りしはじめた。
足を滑らせたあたりを抜け、本堂の脇から参道へ戻り、早足で鳥居の外へ抜ける。
それでも、何となく帰りづらく、門前の居酒屋で安酒を注文した。
かなりの量を呑み、いつのまにか寝入ってしまう。
見世の親爺に起こされたのは、一刻（二時間）余りも経ったあとだった。
外へ飛びだしてみると、あたりは暮れかかっている。
まさかとはおもいつつも、鳥居をもういちどくぐり、参道を外れて本堂脇から裏手へと向かった。

寒さはいっそう増し、耐えがたいほどだ。

木立を抜け、耳を澄ましても、気合いは聞こえてこない。

「やはり、無駄足であったか」

ほっと安堵しつつも、一抹《いちまつ》の虚しさを禁じ得ない。

三左衛門はあきらめ、くるっと踵を返した。

と、そのとき。

「ふえ……っ」

あらぬ方角から、掠《かす》れた気合いが聞こえてきた。

足を滑らせた蓮池のあたりだ。

「嘘だろう」

そちらへ駆ける。

「あっ」

神谷がいた。

襤褸布《ぼろぬの》のようになっても、木刀を振りつづけている。

不格好だが、懸命さだけは痛いほど伝わってきた。

「莫迦たれめ」

関わってはいけないと頭ではわかっていても、足が自然に向いてしまう。

神谷はこちらをみつけ、白い歯をみせて笑った。

からだから、濛々《もうもう》と湯気が立ちのぼっている。

「浅間どの、どうしてここへ」

「知世どのにお聞きした。それにしても、みていられぬ。そのようなへっぴり腰では、何回振っても上達の見込みはない。まず、構えはこうだ」

三左衛門は手頃な枝を拾って握り、青眼に構えてみせる。

「胸を張って振りあげ、力を抜いて振りおろす。さあ、やってみろ」

「は」

神谷は嬉々として木刀を振りあげ、力任せに振りおろす。

「握りが固い。力を入れるのは小指だけだ」

「は」

神谷は言われたとおり、必死に木刀を振る。

「駄目だ。それでは、木刀に力が伝わらぬ。もっと肩の力を抜け。さよう、喩《たと》えてみれば水母《くらげ》になった気分でな」

「水母でござるか」

「そうだ。さあ、振ってみろ」

ぶんと、刃風が唸った。

「動くな。振りきったあとに動けば、隙が生じる。腰をきめ、切っ先はぴたりと止めるのだ」

「は」

まるで、新弟子のような初々《ういうい》しさで、神谷は同じ動作を繰りかえす。

掌の豆が潰れて血だらけになり、気づいてみれば周囲は暗くなっていた。

神谷は、のどを鞴《ふいご》のようにぜいぜいさせている。

手足に力がはいらず、立っているのもやっとのようだ。

三左衛門はさすがにみかねて、哀れむように声を掛けた。

「神谷どの、今日はこのくらいにしたらどうだ」

「まだまだ」

神谷は、倒れこむように縋《すが》りついてくる。

「頼む、わしに必殺技を教えてくれ」

三左衛門は、悲しげに言った。

「それは無理だ。付け焼き刃でおぼえられるような技はない。剣術を莫迦にせぬほうがいい」

「なるほど、それもそうだな」

神谷は木刀をおろし、がっくり項垂《うなだ》れた。

可哀相だが、こればかりは仕方ない。

素振りを繰りかえした足許は、地肌がみえている。

神谷は屈み、肋骨《あばら》のような葉を拾いあげた。

「浅間どの、ほら、蓮の骨」

「ん、それがどうした」

「今のわしは、これと同じよ。人知れず、雪のしたで朽ちはてていく。ふふ、誰に顧みられることもなくな」

自嘲する神谷は、あまりにみじめすぎた。

三左衛門はおもわず、声を荒らげる。

「妻子が待っておるではないか。偽りの矜持を捨て、貧しくとも気高く生きていったらどうだ」

「貴殿にはわからぬ。どんなことがあろうとも、わしはやらねばならぬのだ。殿の命を果たさねばならぬ。武士の面目を立てるために」

三左衛門は、かちんときた。

「おぬしは、肝心なことを忘れている」

「肝心なこと」

「武士の面目なんざ、一文の得にもならぬということさ。そいつを教えてくれたのは、白馬をつくっている煮売り屋の親爺さんだ」

「弁慶橋の吾助か」

「ああ、そうさ。死に損ないの親爺だが、ときたま、こっちが唸るような台詞《せりふ》を吐く。どれだけ恰好をつけてみても、所詮《しょせん》、人は損得勘定でしか生きられぬ。つまらねえ矜持なんぞ捨てちまえば、もっと楽に生きられる。親爺さんはな、たぶん、そう言いたかったのさ」

黙りこむ神谷に向かって、三左衛門はたたみかけた。

「阿呆な旗本の我欲に振りまわされ、あたら命を落とすこともあるまい。ここは武士の面目なんぞではなく、損得勘定で考えるべきところだ。な、頭を冷やせ。貧乏長屋に戻って、一から出直せばよいではないか」

日は疾《と》うに沈んでいた。

暗すぎて、神谷の表情はよくわからない。
ぎりっと、歯軋《はぎし》りが聞こえたような気もする。
みずからを蓮の骨と自嘲する男には、何を言っても響かぬのか。
三左衛門は、やりきれないおもいを嚙みしめた。

八

何日か過ぎても、蓮の骨のことが頭から離れなかった。
町は雪にすっぽり覆われ、人々は不便を感じている。
夕刻、冷気とともに、武家の女が訪ねてきた。
神谷又一郎の妻女、知世だった。
紫色の唇もとを震わせ、三左衛門宛ての書置きを一枚差しだす。
ひらいてみると、達筆な文字でこうあった。
——蓮の骨にも意地がある。向島武蔵屋《むさしや》、酉《とり》ノ六つ半（午後七時）。
遺言めいた内容だが、この世への未練を捨てきれぬ心の揺れが感じられる。
わざわざ、行き先と刻限を記し、誘っているあたりが小心者の神谷らしい。
「夫は白装束に身を固めておりました」

と聞けば、いっそう鼻白んだ心持ちになる。

だが、放っておくわけにもいかず、三左衛門は蓑笠《みのかさ》を着けた。

「何卒《なにとぞ》、夫をお助けください」

役目を知らないにもかかわらず、知世は泣きながら訴える。

「命さえあれば、ほかには何もいりません。娘も『父上にまんがいちのことがあれば、生きていけない』と泣いておりました。武士の一分《いちぶん》をたてようなどと身の丈に合わぬことは考えぬよう、どうか、どうか、お説きくださりませ」

意外ともおもえる知世の懇願は、三左衛門の背中を強く押した。

妻のことばを伝えれば、神谷もきっと我に返ってくれよう。

それを期待するしかない。

――ごおん、ごおん。

雪空のもと、暮れ六つを報せる鐘の音が響いている。

「あと半刻《はんとき》」

鎧の渡しから小舟を使えば、充分に間に合う。

三左衛門は桟橋に降り、舟上《しゅうじょう》の人となった。

小舟は凍《い》てつく川面《かわも》を滑っていく。

箱崎を抜けて大川へ躍りだすと、身を切るような川風にさらされた。

おまつに借りた細長い布を両耳から首に巻きつけ、舟尾のほうで石地蔵のように身を固める。

小舟は大川に沿って遡り、灯りを照らしながら、灰色の川面に水脈《みお》を曳いていく。

そして、吾妻橋を過ぎて墨堤に向かい、竹屋《たけや》の渡しへ舳《へさき》を近づけた。

漕《こ》ぎついた三囲稲荷《みめぐりいなり》の山門周辺はしんと静まりかえり、時折、雲間から月が顔を覗かせた。

人っ子ひとりいない。

雪明かりに照らされた三左衛門の顔は、死人《しびと》のように蒼白かった。

すでに事は終わり、神谷のからだは冷たくなっているのではあるまいか。

不吉な予感が過《よぎ》った。

焦る気持ちに動かされ、早足で雪道を急ぐ。

このまま行けば秋葉権現《あきばごんげん》に達するが、めざす『武蔵屋』は権現社の手前にあった。大きな生け簀《いす》に魚を放っていることで知られる料理屋で、大名家の留守居役なども宴席に使う。

今はすっかり葉の落ちた木々の狭間《はざま》に埋もれていた。

宮間弾之丞も誰かと会うために、ここへやってくるのだ。

簑笠を着けた三左衛門は、まわりを透かしみた。

身を隠すところは、いくらでもありそうだ。

武蔵屋の表口まで足をはこび、権門駕籠が待機していないことを確かめる。

神谷の狙う相手は、まだ着いていないらしい。

ほっと、胸を撫でおろす。

そのとき、背後の木立がかさりと音を起てた。

「神谷どのか」

振りむいた三左衛門の目に映ったのは、神谷ではない。

薄笑いを浮かべたのは、渡り中間の鹿三だった。

「また、おぬしか」

三左衛門は身構え、脇差の柄に右手を添えた。

「おっと、待ってくれ。おいらはまだ、旦那との約束を破っちゃいねえ」

「約束」

「ご友人のことでやすよ。旦那が青島家の姫君を助けた件は、誰にも喋っちゃいねえんだ。この胸に仕舞ってあるんでさあ」

「神谷を強請ったくせに、何をほざく」

「ま、いいじゃありやせんか」

「神谷は何処におる」

「近くにおられやすよ」

「性懲《しょうこ》りもなく、宮間弾之丞を襲わせる気か」

「へへ、ご本人がどうしてもやりてえと仰るんでね」

「嘘を吐くな」

鹿三は笑ってごまかし、自信たっぷりに告げる。

「旦那、案ずるまでもありやせんぜ。今夜はきっちり、事を成しとげてご覧にいれやしょう」

「ほう、たいした自信だな」

「旦那は高みの見物でもしてりゃいい」

自信たっぷりの小悪党を、三左衛門は睨みつけた。

「おぬし、いったい誰の指図で動いておる」

「別に、誰ってわけじゃねえ。あっしは金で動く。報酬さえ良けりゃ、雇い主は誰だっていい。昨日の敵が今日の友になることだってある。渡り中間なんざ、そんなもんでやしょう」

斬ってやろうかとおもったが、踏みとどまる。

鹿三は笑みを漏らし、地金をさらして喋った。

「身分の高《たけ》え連中のやるこたあ、あっしたち半端者《はんぱもの》にゃわからねえ。侍の沽券だの面目だのとほざいても、所詮は醜い欲の皮の突っぱりあいなのさ。でも、そいつは金になる。あんたも金が欲しけりゃ、はなしを繋いでやるぜ。くふふ、手駒は多いに越したことはねえ」

「ふざけるな」

三左衛門は、しゅっと脇差を抜いた。

愛刀の越前康継が、鈍い光を放つ。

鋭利な切っ先は、鹿三の鼻先でぴたりと止まっていた。

「四の五の抜かさず、神谷又一郎のもとへ案内しろ」

「……わ、わかりやしたよ。旦那、危ねえもんを仕舞ってくだせえ」

切っ先をおろすと、小悪党は横を向いて唾を吐く。

「邪魔だけはしねえと、約束していただきやしょう」

約束などする気はないが、三左衛門はうなずいた。

九

雪に覆われているのは田圃だ。

そもそも、このあたりは人影が少ない。

ちらついていた雪が消え、三左衛門は簑笠を脱いだ。

連れていかれたさきは、武蔵屋を遠くにのぞむ木立の狭間だ。

苔生《こけむ》した石地蔵が、肩まで雪に埋まっている。

待っていたのは、見掛けない痩身《そうしん》の四十男だった。

「鹿三、そやつは何者じゃ」

と、横柄な態度で糾《ただ》す。

「じつは、名無しの権兵衛のひとりでして」

「ほう、闇討ちに失敗《しくじ》った男を呼んだのか」

「いいえ。あっしが手配したわけじゃありやせん。自分からめえりやした」

「ふん、それほど金が欲しいなら、くれてやらぬでもないがな」

三左衛門は合点《がてん》した。

目のまえの偉そうな男は、宮間暗殺を企《くわだ》てる青島家の用人頭にちがいない。

名はたしか、諸星甚内といったか。

「ほれ」

小判を三枚、無造作に抛ってくる。

「野良犬め、拾え」

三左衛門は拾わず、口を尖らせた。

「神谷又一郎は何処におる」

「なに、それを聞いてどうする」

「莫迦なまねはやめろと、説いてやるつもりだ」

「何だと。おぬし、宮間弾之丞のまわし者か」

殺気が膨らんだ。

諸星と鹿三だけではない。

周辺に大勢の気配が潜んでいる。

伏兵か。

三左衛門も覚悟を決めた。

そのとき、鹿三が声をあげた。

「来やした。諸星さま、獲物が来やした」

田圃のなかの一本道を、権門駕籠がやってくる。

龕灯《がんどう》を手にした供侍はふたり、駕籠の前後に従《つ》いていた。

木母寺のときといっしょだ。

「ふわああ」

突如、雄叫《おたけ》びが聞こえた。

白鉢巻に白装束の侍が飛びだしてくる。

白刃を掲げ、駕籠の正面に躍りだした。

神谷だ。

「くそっ」

三左衛門は、脱兎《だっと》のごとく駆けだした。

供侍ふたりは龕灯を捨て、ぱっと左右に分かれる。

白刃を抜き、襲撃に備えた。

「待て、待たぬか」

三左衛門は叫んだ。

駕籠に迫る神谷の耳には聞こえていない。

「いやあ」

神谷は、倒れこむように斬りこんだ。

供侍のひとりに易々《やすやす》と弾かれ、尻餅《しりもち》をついてしまう。

別のひとりが身を寄せ、とどめを刺そうとした。

「待て」

駕籠の内から声が掛かった。

頭巾をかぶった宮間が降りてくる。

「誰の指図か、尋問してくれよう」

ぐっと身を乗りだしたところへ、三左衛門が駆けこんだ。

「ん、もう一匹おったか。そやつを始末せよ」

「は」

供侍が斬りかかってきた。

三左衛門はひらりと躱し、当て身を食わせる。

「うぬっ」

もうひとりの供侍が斬りつけてきた。

「こやつめ」

太刀行は鋭いが、三左衛門の相手ではない。

手首を摑んで捻り、刀を奪って峰打ちにしてやる。

神谷は雪に尻をついたまま、啞然《あぜん》としていた。

宮間は駕籠脇に身を寄せ、自信たっぷりに問うてくる。

「おぬし、なぜ、刀を使わぬ」

三左衛門はこたえた。

「刺客ではないからさ」

「ふっ、そのことばを信じろとでも」

宮間はにやりと笑い、駕籠の棒脇に手を伸ばす。

「ん」

ない。

あるはずの槍がない。

宮間はうろたえ、槍を必死に探す。

「ない、ない」

と、そこへ。

逃げたはずの駕籠かきがひとり、宮間の背後にのっそり近づいてきた。

「殿さま、お探しのものなら、ここにありやすぜ」

振りむいた宮間の胸をめがけ、駕籠かきは管槍を突きだした。

「いえい」

「ふおっ」

槍の穂先が胸を貫いた。

宮間の頬傷が、ひくひく動く。

「……お、おぬしも……ご、権兵衛であったか」

くわっと血を吐き、宮間は大の字に倒れていく。

屍骸となった宮間の腹を踏みつけ、駕籠かきは槍を引っこ抜いた。

「戦利品だ。こいつは貰っておこう」

ふてぶてしく言いすて、龕灯を拾って駕籠の棒鼻にぶらさげる。

――ぴっ。

指笛を吹いた。

これを合図に、大勢の人影があらわれた。

諸星に率いられた伏兵だ。

半町ほど離れたあたりで、十人余りの侍が弓に矢を番《つが》えている。

「放て」

諸星の号令一下、一斉に弦音《つるおと》が響いた。

──びん、びん、びん。

矢が雨霰《あめあられ》と飛んでくる。

「危ない」

三左衛門は神谷の襟首《えりくび》を掴み、駕籠の陰へ引きずった。

つぎの瞬間、権門駕籠は矢達磨になってしまう。

「あっちだ」

身を低くして神谷を引きずり、どうにか暗がりに逃れた。

「逃がすな。ふたりとも、生かして帰すでないぞ」

諸星の怒声が聞こえた。

神谷は囮《おとり》に使われたのだと、三左衛門はおもった。

最初から、使い捨てにする駒にすぎなかったのだ。

「……う、うう」

神谷が呻いている。

背中に、矢が深々と刺さっていた。

運良く急所は外れているものの、深傷《ふかで》であることにかわりない。

「……あ、浅間どの、わしを捨てて逃げてくれ」

「できるか、阿呆」

三左衛門は、ずっしりと重い神谷を背負った。

火事場の馬鹿力を発揮し、背負ったまま雪道を駆けぬけた。

十

意識のない神谷を柳橋の夕月楼へ運びこみ、金瘡医《きんそうい》を呼んで手当てさせた。

どうにか一命はとりとめたが、予断を許さない。

夜が明けても意識は戻らず、残していくのは忍びなかったが、三左衛門にはやらねばならぬことがあった。

おそらく、神谷の妻子は人質に取られたにちがいない。

これを救うべく、一刻も早く動かねばならなかった。

無論、闇雲に青島邸へ踏みこんでも、返り討ちにあうだけだ。

頭に浮かんだ策は、ひとつしかない。

愚策だが、この際、背に腹は代えられまい。

雪道を歩きながら、三左衛門は一所懸命になっている自分を不思議に感じた。

なぜ、神谷のような小心者のために、ここまでしてやらねばならぬのか。

自分が生きのこるために嘘を吐き、手柄を横取りする。そんな男のために、どうして命を張らねばならぬか。

その理由が、何となくわかってきたような気もする。

もちろん、出世などは望んでもないし、大名や旗本に仕える気もない。

侍身分など捨てちまえばいいなどと、平気で口にすることもできる。

だが、侍の子として生まれ、たいせつに育《はぐく》んできたものを簡単に捨てさることはできない。

こだわっているのは、やはり、侍の矜持というべきものだった。

――侍の矜持。

それは、あらゆる飾りを脱ぎすてたあとに残る寄る辺《よるべ》だ。

生きぬくための砦《とりで》といってもいい。

何者にもさげすまれず、気高く生きたい。

剣の修行に明け暮れたのも、そのためではなかったのか。

おそらく、神谷も凛とした生きざまをしめしたかったのだ。

何事かを成しとげ、不甲斐《ふがい》ない自分を乗りこえたかったにちがいない。

三左衛門は、自分の弱さを神谷のなかに見出していた。

貧しさに耐えかね、心が折れかけたことは何度もある。

禄を得られればどれほど楽かとおもい、武家屋敷の建ちならぶ町中を徘徊《はいかい》したこともあった。

仕官をあきらめたのは、窮屈な縛りを嫌ったためだ。

貧しくとも気儘《きまま》な暮らしを求めた。

一方、神谷は自分と家族のために禄を求めた。

求めるものはちがっても、気高く生きたいと願う心の持ちようは同じだ。

神谷は、刺客という役目に侍の矜持を見出そうとした。

だが、悪党どもにとってみれば、神谷の値打ちなど無きに等しかった。

囮として犬死にさせる腹でいたのだ。

許せぬ。

人の命を軽々しく扱い、必死に生きぬこうとする者の矜持を平気で踏みにじる者たちが許せぬ。

三左衛門はひたすら雪道を歩き、溜池《ためいけ》のそばまでやってきた。

虎《とら》ノ門《もん》をくぐって三年坂を通り、山王権現の門前へ向かう。

空気が、ぴんと張りつめていた。

人影は少ない。

肋骨の浮きでた山狗《やまいぬ》が、道端をよたよた歩いている。

三左衛門は襟を寄せて辻陰に潜み、死んだように固まった。

半刻余りすると、ぽつぽつと参拝人がやってくる。

身なりのきちんとした武家の女が多く、袖頭巾の人影があらわれるたびに身を乗りだした。

「来ぬのか」

あきらめかけたとき、みおぼえのある従者に先導され、袖頭巾で頭を包んだ色の白い娘がやってきた。

三左衛門は主従をやり過ごし、辻陰から逃れる。

気配を殺して背後に迫り、静かに呼びかけた。

「青島ゆき恵どのですね」

振りむいた娘に当て身を食わせると、老いた従者は腰を抜かす。

三左衛門は気絶したゆき恵を抱え、落ちついた口調で従者に告げた。

「殿さまに伝えてくれ。神谷又一郎の妻子を解きはなてば、姫君の身柄は返すとな。どうだ、伝えられるか」

「は、はい」

「よし。半刻ののち、屋敷へ参上する。行け」

駆けさる従者の背中を見送り、三左衛門は辻陰へ戻る。

そこに、遅れてやってきた夕月楼の金兵衛が待っていた。

「浅間さま、遅くなりました」

「すまぬな。手数を掛ける」

「とんでもない。浅間さまのためなら、何だっていたしますよ」

金兵衛は、棺桶《かんおけ》を背負った若い衆を従えていた。

気絶したゆき恵を莚《むしろ》でくるみ、ふたりで棺桶のなかに納める。

「ゆき恵どのが気づいたら、事情をつつみかくさずに伝えてくれ」

「おまかせください」

金兵衛はぽんと胸を叩き、腰にぶらさげた瓢《ひさご》を差しだした。

「さ、景気づけに一杯」

「瓢酒か。さすが金兵衛、用意がいい」

三左衛門は、瓢をかたむけた。

臓腑《ぞうふ》に熱いものが滲《し》みわたり、活力が漲《みなぎ》ってくる。

「浅間さま、ひとつお聞きしても」

「何だ」

「四千石の御大身に会ったら、いったい何をはなしなさる」

あらためて問われ、三左衛門は首をかしげた。

「じつはな、何も考えておらぬ」

「成り行きまかせ風まかせ、ですか」

「そのとおりだ」

「くふふ、こいつは傑作。おっと、笑っている場合ではありませんな」

ありがたいことに、肩から余計な力が抜けていく。

三左衛門は、金兵衛に笑いかけた。

「ともかく、真正面から当たるしかない」

「その危うさが、浅間さまのおもしろいところです」

「おもしろがられても困るがな」

「ぬははは」

ひとしきり笑うと、金兵衛は燧《ひうち》で切り火を切ってくれた。

十一

広大な屋敷の厳《いか》めしい表門が、行く手に聳《そび》えている。

「ままよ」

三左衛門は意を決し、六尺棒を抱えた門番のもとへ近づいた。

「ご姓名を」

誰何《すいか》され、平然とこたえる。

「名無しの権兵衛だ」

門番は顔色を変え、奥へ引っこんだ。

ときをおかず、案内役の若い用人があらわれた。

「こちらへ」

どうやら、はなしは通じているらしい。

敷石を伝って玄関へおもむき、檜《ひのき》の香りを嗅ぎながら雪駄《せった》を脱ぐ。

通されたのは、すぐ脇の用人部屋だった。

用人頭の諸星甚内が、上座にでんと座っている。

「やはり、おぬしか」

諸星は憮然《ぶぜん》とした顔で言い、左手を手焙《てあぶ》りに翳す。

手焙りのそばには刀が置かれ、いつでも握って抜けるようになっていた。

「まあ、座れ」

下座に胡座《あぐら》を掻くと、背後に若い用人が控えた。

いざとなれば、前後から挟みうちにする腹らしい。

「おぬし、何者だ」

「ただの浪人ですが」

「ただの浪人が、大身旗本の姫を拐《かどわ》かすのか」

「愚策だが、背に腹は代えられなかったので」

「神谷又一郎の妻子を救うためだとか。ふん、ばかばかしい。野良犬の妻子を救うだと。たったそれだけのために、四千石に牙《きば》を剝く阿呆がどこにおる。正直に申せ。身代金《みのしろきん》が目当てであろう」

三左衛門は、胸を張る。

「金は一銭もいらぬ」

「されば、地位か。それ相応の身分が欲しいのか」

「望めば、叶えてもらえるのか」

「ふむ、考えてやってもいい。三十俵取りの用人待遇なら、わしの一存でどうにでもなる」

「ふはは」

三左衛門は豪快に嗤い、相手をたじろがせた。

「何が可笑《おか》しい」

「これが笑わずにおられようか。姫君を拐かした者を、たった三十俵で丸めこもうとはな」

「ゆき恵さまのことは、殿のお耳に入れておらぬ。わしが咎《とが》めを受けるからな」

「はなしを通す気がないなら、拙者はこれで失礼する」

三左衛門は立ちかけた。

「待て。帰さぬぞ」

諸星は刀を摑み、片膝を立てた。

後ろの若い用人も、刀を摑んで抜こうとする。

三左衛門は若い用人の手首を摑み、鳩尾に拳を埋めこんだ。

「うぐっ」

用人の刀を鞘ごと奪い、敢然と振りかえる。

「野良犬め、死ね」

真正面から、諸星が斬りかかってきた。

三左衛門はさっと避け、刀を抜かずに鞘を振りおとす。

――ぶん。

「ぬぎゃっ」

叩きおとされた鞘が、利き手の甲を砕いた。

三左衛門は諸星の髷を掴み、顔を引きあげる。

「……むぐ、ぐぐ」

「痛かろうが、耐えるのだ。恥を掻きたくないのならな」

「……く、くそっ」

「さあ、殿さまのところへ案内してもらおう」

「……わ、わかった」

三左衛門は気を失った若い用人の背後にまわり、肩を抱いて活《かつ》を入れる。

「うっ」

用人は目を醒まし、鶏《にわとり》のようにきょろきょろした。

諸星が声を震わせる。

「……と、殿にお伝えせよ。いまから、お伺いするとな」

「は」

駆けさる用人の背中を見送り、三左衛門は声を押し殺す。

「こっちも捨て身だ。妙なまねをしたら容赦はせぬぞ」

痛がる諸星を無理に立たせ、用人部屋から廊下へ出た。

十二

襖障子《ふすましょうじ》を挟んで、青島右膳の息遣いが聞こえてくる。

用人頭は激痛に顔をゆがめながらも、平伏して声を張った。

「殿、諸星にござりまする」

「ふむ、いかがした」

齢《よわい》は五十前後と聞いていたが、老人の発するような掠《かす》れ声だ。

「お目通りを願う者がおります。よろしゅうござりますか」

「許す」

「失礼いたします」

諸星は膝を躙りよせ、震える手で襖障子を開けた。

床の間を背に抱え、家禄四千石の当主が脇息《きょうそく》にもたれている。平目《ひらめ》のような顔だ。細い目を瞬き、横柄に顎をしゃくる。

「諸星、やけに顔が蒼白いな」

「さようでござりますか」

「まあよい。おぬしの顔色など、どうでもよいわ」

「は」

違い棚の一輪挿《いちりんざ》しには、深紅の寒椿が飾られている。

軸には雪舟《せっしゅう》の虎が描かれていた。

三左衛門は廊下に正座したまま、軽くお辞儀をしてみせる。

その態度が癇《かん》に障ったのか、青島は不機嫌な顔になった。

「平伏せぬか。わしは四千石の大身ぞ。もうすぐ、役高二千石の御槍奉行にも任じられる身、本来なら、おぬしのごとき軽輩《けいはい》が目見得《めみえ》できる相手ではない」

三左衛門はひらきなおり、平然と抗ってやった。

「戦乱も無い安寧《あんねい》の世にあって、槍奉行など閑職も同然。にもかかわらず、本役を射止めんがために血道をあげ、人殺しすらも厭《いと》わない。青島右膳さま、あなたは鬼ですか。それとも、欲に溺れて人の心を失った侍の屑《くず》でしょうか」

「何じゃと、おのれ」

青島は激昂して立ちあがる。

「寄合仲間は、わしを虎と呼んでおる。雪舟の描いた虎は、わしなのじゃ。下郎め、つけあがるでない。虎に刃向かったらどうなるか、おもいしらせてくれる」

青島は長押《なげし》に手を伸ばし、十文字槍《じゅうもんじやり》を摑もうとする。

その途端、畳で足を滑らせ、どしんと尻餅をついた。

三左衛門は敷居を越え、するすると身を寄せる。

「まあ、落ちつきなされ」

うえから顔を覗いてやると、青島は顎を震わせた。

「……お、おぬし、刺客か」

「とんでもない。拙者は上州浪人、浅間三左衛門と申す者」

「ほ、そ、そうか」

青島は気を持ちなおし、上座まで這って戻る。

「ふん、上州の野良犬が青島右膳に何用じゃ」

「ご息女、ゆき恵さまの身柄を預かっておりまする」

青島は細い眸子をめいっぱいひらき、がばっと身を起こす。

三左衛門はひらりと片手をあげ、凛然《りんぜん》と発した。

「ご安心を。拙者はやむにやまれぬおもいから、愚挙《ぐきょ》におよんだのです。ゆき恵さまを傷つけようなどとは、ゆめゆめ考えておりませぬ」

「金か。金が望みか」

「金はいりませぬ。神谷又一郎という用人はご存じでしょうか」

「知らぬわ」

「宮間弾之丞を葬る際、囮にされた者にござる。その者の妻子が御屋敷内に留めおかれております。お渡しいただければ、即刻、ゆき恵さまもお戻しいたしましょう」

青島は諸星に顔を向け、つまらなそうに命じた。

「望みどおりにしてやれ」

「え、よろしいので」

「もたもたするな」

「は」

「何じゃと」

諸星は去り、青島は怒声を張りあげた。

「野良犬め、とっとと失せろ。二度とその薄汚い面をみせるでない」

かちんときた。

三左衛門は立ちあがって大股で歩みより、青島の頭をぽかりと撲《なぐ》る。

「痛っ、何をする」

「野良犬にも意地はあるのだ。莫迦にするな」

拳を固めて再び撲る仕種をすると、青島は両手で頭を覆った。

「や、やめてくれ。堪忍してくれ」

「わしは、おぬしの配下ではない。禄も喰《は》んでおらぬ。四千石の大身だろうが何だろうが、おぬしとわしは五分と五分だ。神谷又一郎にたいして妙な気を起こしたら、ただでは済まぬぞ。いつでも寝首を掻きにくるからな。おぼえておけ」

「わ、わかった。頼むから、許してくれ」

半泣きで懇願する大身旗本に、侍の矜持は欠片《かけら》も見出すことができない。

三左衛門は鼻白み、その場を離れた。

挨拶もせず、襖障子も閉めずに廊下へ出る。

ぎりっと、青島の歯軋りが聞こえてきた。

おそらく、生まれてこの方、ここまで他人にさげすまれたことはあるまい。
大身旗本なんぞ張り子の虎だなと、三左衛門はおもった。
長い廊下を渡り、堂々と玄関へ向かう。
用人どもは険《けわ》しい顔で控えていたが、誰ひとり手を出そうとしない。
諸星甚内のすがたはなかった。
おそらく、用人頭の任は解かれるであろう。
暇を申しわたされ、浪人身分に堕《お》ちるかもしれない。
自業自得だ。同情の余地はない。
厳めしい門の外へ出ると、空はくっきり晴れていた。
陽光が雪に反射し、目もあけていられないほど眩《まぶ》しい。
「浅間三左衛門さま」
かぼそい女の声が聞こえてきた。
神谷の妻子が、さくさくと雪を踏んで近づいてくる。
「お救いいただき、ありがとうございます。このご恩は、生涯忘れません」
妻の知世が、目に涙を浮かべた。
後ろには、十四の娘が控えている。「父上にまんがいちのことがあれば、生きていけない」と泣いた娘だ。

照降長屋で暮らしていたころ、何度か見掛けたことはあったが、面と向かって喋ったことはない。

名も忘れてしまった。

はて、何であったか。

「希美《のぞみ》です。わたし、希美と申します」

こちらの戸惑いを読んだかのように、娘は名乗ってくれた。

希美か。

よい名だ。

朗《ほが》らかに笑った顔に父親の面影をみつけ、三左衛門は報われたおもいを感じた。

十三

師走《しわす》も十日を過ぎ、煤払《すすはら》いの時節となった。

軒下の雪を掃く後家のすがたが、やけに色っぽい。

見惚《みと》れていると、おまつに尻をつねられた。

「藁店へお見舞いにいくんだろう。早く行っといで。おまえさんの好きな納豆の味噌汁をつくって、待っててあげるからさ」

背中を押され、狭苦しい長屋から逃れでる。

まだ正午前なのに、夕方のような空だ。

雪もちらついている。

大きな雪だるまのまわりでは、洟垂《はなた》れどもが子犬を追いかけまわしていた。

青島家の屋敷を訪ねてから半月近くのあいだで、さまざまなことが起こった。

まずは、青島家と小田切家のあいだですすめられていた縁談が立ち消えになった。両家の親類縁者を集めた顔合わせの席で、酩酊《めいてい》した青島右膳が刀を抜いたのだ。おそらく、相手方から癪《しやく》に障ることを言われ、頭に血をのぼらせたすえのことだろう。さいわい怪我人は出なかったものの、せっかくの縁談は水に流れた。

さらに、数日後、青島右膳は頓死《とんし》してしまった。

家人が止めたにもかかわらず、河豚《ふぐ》を食して当たったのだという。

張り子の虎の殿さまらしい、間抜けな死に様《ざま》であった。

もちろん、青山家の当主が槍奉行の本役に就くことはなかった。

誰が漁夫の利を得たかなど、三左衛門に関心はない。

用人頭の諸星甚内は、何かの落ち度で腹を切らされたと聞いたが、詳しい経緯《いきさつ》を知りたいともおもわなかった。

一方、神谷又一郎の矢傷は癒《い》え、一家でまた藁店に戻った。

あれほど痛い目にあったのに、神谷は性懲りもなく仕官先を探すという。

それもひとつの生き方かもしれぬとおもい、三左衛門は説得をあきらめた。

気儘に生きるのは侍ではないと言われれば、それもそうだと納得するよりほかにない。

ともかく、平川町の藁店へ向かうべく雪道をたどったが、虎ノ門を過ぎて武家地に踏みこんだあたりから、何者かにつきまとわれているような気がしていた。

三左衛門の帯に大刀はなく、一尺四寸の愛刀康継を帯びているだけだ。

行く手の左右には大名家の海鼠塀《なまこべい》がつづき、二町ほどさきまで逃れる横道はない。

出歩く侍もおらず、音もなく降る雪が静けさを深めていた。

右手は松平《まつだいら》美濃守《みののかみ》の上屋敷であろうか。

松の太い枝が雪をかぶり、高い塀のうえから龍のように伸びている。

ざざっと、枝の雪が落ちた。

舞いあがる雪煙の向こうに、人影がひとつ立っている。

「ふへ、ここは地獄の一丁目」

声の主には、みおぼえがあった。

「あっしを忘れたとは言わせねえ」

「鹿三か。何の用だ」

「おめえの命を貰う」

「どうして」

「おめえのせいで、諸星さまは腹を切らされた。青島の殿さまは正気を失い、あの世へ逝《い》った。おかげで、こっちは稼ぎの口を減らされちまった。このところ、ついてねえことばかりでな」

「自分の運のなさを、こっちのせいにするな」

「おめえは疫病神《やくびょうがみ》だ。おめえが生きているかぎり、あっしに運は向いてこねえ」

「だから、殺《あや》めるのか。莫迦なことを」

「もう、喋ることはねえ。死んでもらう」

背後に、別の殺気が立った。

首を捻ると、管槍を手にした浪人が立っている。

「おぬしは」

宮間弾之丞を謀殺した名無しの権兵衛だった。

「ぬはあぁ」

気勢を発し、信じられない迅《はや》さで駆けてくる。

「死ね」

管槍の穂先が伸びてきた。

「くっ」

三左衛門は康継を抜き、強烈に弾いた。

「莫迦め」

鹿三が吼《ほ》える。

「そちらは歴《れっき》とした剣客だぜ。石見浜田藩《いわみはまだはん》六万一千石の元馬廻り役よ」

「だからどうした」

金のために魂《たましい》を売った男の素姓など、聞いてもはじまらない。

鹿三は煽《あお》った。

「おめえを始末したら、神谷又一郎を殺る。妻子ともども、みなごろしにしてやるぜ」

「させるか」

三左衛門は、康継を片手青眼に構えた。

権兵衛も槍を青眼に構え、じりっと迫る。

三左衛門は後退し、壁際まで追いつめられた。

「念仏でも唱えろ」

にたりと、権兵衛が笑った。

「ぬおっ」

穂先が鼻面に迫る。

鬢《びん》の脇で避けるや、穂先が漆喰《しっくい》の壁に刺さった。

「うぬっ、くそっ」

抜けなくなったらしい。

権兵衛は槍をあきらめ、腰の大刀を抜きはなつ。

だが、正面に三左衛門のすがたはなかった。

「上だ」

鹿三が叫ぶ。

三左衛門は、兎《うさぎ》のように跳ねていた。

壁に刺さった槍の柄に足を掛け、撓《しな》りを利用して二間余りも宙に飛び、落下しながら相手の眉間《みけん》を狙ったのだ。

「げひょ……っ」

つぎの瞬間、康継の刃は眉間をふたつに割っていた。

名無しの権兵衛は反《そ》っくりかえり、鮮血を噴きあげている。

雪面が深紅に染まった。

まるで、寒椿をちりばめたかのようだ。

「ひぇっ」

鹿三は背を向け、一目散に逃げていく。

「逃さぬぞ」

三左衛門は背中を塀にくっつけ、槍を肩に担ぐような恰好で抜きにかかった。

「いやっ」

背中が梃子《てこ》のはたらきをし、槍は容易《たやす》く抜けた。

鹿三は雪に滑って転びながらも、どんどん離れていく。

三左衛門には、まだ余裕があった。

足場をたしかめ、右袖を引きちぎる。

「当たるも八卦《はっけ》、当たらぬも八卦」

右手で握った管槍を、すっと耳許に掲げた。

「これがおぬしの運命だ」

はっ、はっと白い息を吐き、助走をつける。

「いや……っ」

ちぎれそうなほど腕を振り、槍を天高く抛りなげた。

――ぶん。

風切音とともに、槍は曇天に大きな弧を描いた。

頭上に音を聞いたのか、鹿三は駆けながら首を捻る。

「んぎゃっ」

遠くのほうで、断末魔の声が響いた。

黒い人影が、ざっと倒れる。

「やった」

雪上に立った槍が、澪標《みおつくし》にみえた。

「天罰だ」

三左衛門は吐きすて、ゆっくり歩きだす。

足取りはしっかりしているが、背中はいつになく淋しげだ。
おまつのつくった納豆の味噌汁が、急に恋しくなってきた。

※本書は２０１１年10月に小社より刊行された作品に
加筆修正を加えた「新装版」です。

双葉文庫

さ-26-48

照《て》れ降《ふ》れ長屋風聞帖《ながやふうぶんちょう》【十六】

妻恋《つまこい》の月《つき》〈新装版《しんそうばん》〉

2021年12月19日　第1刷発行

【著者】
坂岡真《さかおかしん》
©Shin Sakaoka 2011
【発行者】
箕浦克史
【発行所】
株式会社双葉社
〒162-8540 東京都新宿区東五軒町3番28号
［電話］03-5261-4818(営業部)　03-5261-4833(編集部)
www.futabasha.co.jp(双葉社の書籍・コミックが買えます)
【印刷所】
中央精版印刷株式会社
【製本所】
中央精版印刷株式会社

【フォーマット・デザイン】
日下潤一

落丁・乱丁の場合は送料双葉社負担でお取り替えいたします。「製作部」宛にお送りください。ただし、古書店で購入したものについてはお取り替えできません。［電話］03-5261-4822(製作部)

定価はカバーに表示してあります。本書のコピー、スキャン、デジタル化等の無断複製・転載は著作権法上での例外を除き禁じられています。本書を代行業者等の第三者に依頼してスキャンやデジタル化することは、たとえ個人や家庭内での利用でも著作権法違反です。

ISBN978-4-575-67087-5 C0193
Printed in Japan